文生小记

张敏胜　著

天津出版传媒集团

天津人民出版社

图书在版编目（CIP）数据

文生小记 / 张敏胜著 . -- 天津：天津人民出版社，
2019.5
ISBN 978-7-201-14691-1
Ⅰ . ①文… Ⅱ . ①张… Ⅲ . ①中国文学－当代文学－
作品综合集 Ⅳ . ① I217.2
中国版本图书馆 CIP 数据核字 (2019) 第 082383 号

文生小记
WEN SHENG XIAO JI

出　　版　天津人民出版社
出 版 人　刘庆
地　　址　天津市和平区西康路 35 号康岳大厦
邮　　编　300051
邮购电话　（022）23332469
网　　址　http://www.tjrmcbs.com
电子信箱　tjrmcbs@126.com

责任编辑　刘子伯
策划编辑　莫义君
特约编辑　张 帆
封面设计　西 子

印　　刷　天津兴湘印务有限公司
经　　销　新华书店
开　　本　710×1000 毫米 1/16
印　　张　15
字　　数　192 千字
版次印次　2019 年 5 月第 1 版　2021 年 4 月第 2 次印刷
定　　价　48.00 元

自 序

　　"文生"者，取名字"敏胜"两字之半也。其意为"半个文人"。

　　"文人"如"女人"一样可怜！

　　"未谙姑食性，先遣小姑尝"。这锅"大杂烩"，咸淡如何？读者自明。

　　"妆罢低声问夫婿，画眉深浅入时无"？正如一位好友评价"女人"一样，不说"漂亮"如何，"身材"如何，"气质"如何，有点自信的是，最起码"心是好的"！

　　本来想请有点名气的人为这本小记作序，但总觉得自己相貌平平，强拽着"媒婆"说好听的话，有点难为情。不想肉麻。

　　是为序！

2018 年 3 月于三乐之园

目 录

散 文

诗 歌

小　说

凡人小事

西游小记前　言 ………………… 99

杂　谈

三乐之行

散　文

柳絮情

时已入秋，我却想念那柳絮了。

校园栽种了很多柳树，河边，路旁，屋舍前后，操场左右都是。春暖花开之时，风吹过，柳絮便像雪花一样在天空中上下翻腾。背风的地方，柳絮聚成一团，有的同学捧起它，调皮地从楼上的窗口撒下来，它便和天上飞舞的柳絮混在一起，慢悠悠地落在身上、水上、地上，有时还会钻进蚊帐里，洒在被子上……

柳絮飞过后，叶子便争先恐后地冒出来，树枝也一个劲儿地向前伸，向前伸。几天之中，路变窄了，人工河也变细了。微风吹来，河边的柳枝在水面来回地画着浅浅的线条；啄虫的小鸟在枝条上跳来跳去，使柳条在水面上画着一个个同心圆。

柳树下的小路，是读书的好地方。他在那端背着《离骚》，我在这头诵着唐诗……同学校友，仿佛相隔很多世纪……

柳絮飘了又飘，柳条绿了又绿，我们告别了小路，告别了小河，告别了柳树，飞到了城市、山村、水乡。

今年夏天，我碰到了同班同学"小诗人"。毕业时，他因失恋去了边远的山区任教。

"那地方真够远，真够偏僻的，北邻安徽，东傍浙江。想回家腿都发抖！"他笑嘻嘻地说。

"工作还顺利吧？"我问。

"刚去的时候，差点没自杀。现在好多了，我结了婚，她也是个教书匠。当年那个傻劲儿，真可笑，还是老苏说得好：'枝上柳绵吹又少，天涯何处无芳草。'"

"想办法调出来吧！"

"哪里都一样。我走了，别人还得去。几年过去了，也习惯了。我爸爸说，等他退休了，就进山去，和我住在一起，他要在那儿抱孙子呢!"

"还记得你那首《柳絮颂》么？'你像我们洁白如雪，我们像你随地发芽……'"

"记得，"他沉下脸来，停了一会儿才动情地说："在山里，有得是高耸挺拔的树木，但那流水一样柔情的柳条，纷纷扬扬的柳絮却看不到！我还真有点想念它们呢!"

后来，我得知小诗人在山里干得不错，诗也写得更好，还准备出版一本诗集。我想他一定会把那首《柳絮颂》收进去的。

校园的生活，曾给我们留下了多少甜蜜的回忆。茅岭松涛，信江浪花，曾使人激情澎湃；轻盈多情的柳絮，更让我遐思联翩。

哦，柳絮，"你像我们洁白如雪，我们像你随地发芽"……

"赣江魂"散文征文二等奖

（1989 年 10 月 31 日《鹰潭报》）

送你一束映山红

春风一吹，漫山遍野就被映山红染得粉红粉红的。

映山红本名杜鹃花，还有一个俗名——野鸡花。

映山红又叫野鸡花，大约是因其不如牡丹之富丽，也不如菊花之雅秀之故吧。春牡秋菊固然显贵，但未免有曲高和寡之嫌，野鸡花虽俗，却在她开放的季节尽情地展现出那豪放、质朴的品质，无娇妖之气，有可爱之态。立高山之巅，临湖泊之滨，沐春风、浴阳光，开得蓬蓬勃勃，红红火火。当她怒放于岩石之隙，你定会惊叹她的顽强；当她绽开于悬崖之边，你必会赞美她的胆量；当她亭亭于绿草之中，也不失花的妩媚。

春风春日之中，人们尽情地采撷她：自行车前插着她，手中捧着她，用瓶子养着她，大街小巷，华厦陋室，都有她的倩影，使大小空间都充满了粉红色的祥光。

——送你一束映山红。

（1990 年 4 月 14 日《乐平报》）

田野两少年

莺争暖树、燕啄春泥的时节，胀得嗷嗷叫的鱼儿急不可待地逆水而上，寻找一个安乐窝急散鱼籽。

这是抓鱼的好时节。

抓鱼的方法很多，大人们喜欢用工具，我们小孩抓鱼很简单：把水田扒开一个缺口，让水哗哗地流到湖里去，晚上，鱼儿便从决口逆流而上，进了水田里。第二天清早，便可以来抓鱼了。鱼大多是鲫鱼，还有那长着两根大胡子，一游一摆的鲇鱼。

有一天下午，下了一阵大雨。我在傍晚扒开一块水田的决口，水哗哗地流到湖里，溅起几朵小浪花，我的眼前便出现了那活蹦乱跳的鱼儿了，它们在红花草水沟里，密密地挤着，露出灰黑的背。回家的路上，碰到同村的小山子，他朝我"嘿嘿"地笑了两声，还做了一个怪相便走开了。我心里一沉。

小山子其实个子不小，大手大脚的，看上去有点呆头呆脑，其实精得很。下河摸鱼的时候，他先不下河，在岸上往河里扔泥巴玩，等我们摸了一阵，把鱼赶得颠起尾巴直往河底泥巴里钻，到处冒水泡的时候，他才下河，顺着水泡直扎下去，几乎不空手。

这回小山子知道我放了水，明早得早点起床来抓鱼。

迷迷糊糊地合上了眼……小山子用柳条穿着一串鱼，在冲着我做鬼脸……我一惊，便翻身下床。

正是鱼肚白的时候，小山子早来了，他还拿了一个篮子来，篮子里已有一层鱼了。

我赶快放下篮子，沿着田里的小水沟（给红花草排水的）开始捉鱼了。

"哟，你看，这条鲫鱼有半斤重吧?"小山子在另一边大声地说。

我不理他!他捉鱼是有一手的。他总是吹牛说："鱼一碰到我的手，就走不了。"有一次，我们到大河里去摸鱼。我们最怕的是碰到鳜鱼。一个同伴想试下，被鳜鱼刺划了一下手心，痛得在岸上打滚，往伤口撒尿也不止痛。可小山子摸了一条2斤多重的鳜鱼上岸，他娘卖了鱼，给他买了一双凉鞋，他于是就动不动在我们面前把凉鞋脱下来，磕磕鞋底上的小石子，抠抠泥巴，硬是神气了一个热天。

"快来，这里有条大鲇鱼。"他招呼我。我赶快跳进水沟里，低头摸起来，的确是条大鲇鱼，我摸着鲇鱼的尾巴了。我和小山子头顶着头，都使劲儿往泥巴里按。鲇鱼终于被我抓了起来，小山子只说了一句："哟，这么大!"又"嘿嘿"地笑了两声，吹着口哨，提着篮子走了。

后来，小山子当兵去了四川。他曾来信说：在高山上开雷达，真想下山下河去摸一次鱼。

（1990 年 9 月 8 日《乐平报》）

大盆景

大自然总是变着戏法逗得人们南来北往，东奔西走，南逛石林，北游天池，东观日出，西听鸣沙。大自然的奇异风光，会给人许多感受。

去年初冬，我们有幸游玩了乐平古十景之一——丛玉画图，身处丛玉画图，倒也有一种飘飘欲仙的感觉。

"丛玉画图"是一座山名。亿万年前，文山乡境内冒出一座裸露的石灰岩，远看似城，故名"石城山"；山中虚幻如仙境，又名"仙人山"。

还不到"仙人山"下，便见平坦的田野里突兀着一块巨石，形似巴掌，我们暂且就叫它"巴掌山"。人们常说："孤掌难鸣。"但如果有两个"巴掌"一拍，恐怕人人都会被震怕了。大自然也许考虑到这一点，就只造了一个，让人们放心放意地过日子。

到了茅坪村，一位老农听说我们去爬仙人山，便说："这山我爬了几十年，我带你们上山。"我们便跟着他，沿着一辈又一辈人用脚底磨得光滑滑的石块向山上爬去。

不到半山腰，便见一眼小泉静悠悠地流着。老农说："这泉水四季不干。"仙人山只不过是放大了千万倍的石块堆，石与石之间，支离破碎，真不知道这大自然是怎样小心地把雨水蓄留起来，让它细细地流，慢慢地流。有水之山才有灵气，我觉得取名"仙人山"倒也合情合理。否则，仙人们何不去沙漠之中居住呢？

越过山泉不远，一个山洞就横在眼前。洞内石头光滑，想必仙人们就盘坐其上，商议着山中朝政大事。传说古人马廷鸾、马端临父子曾在洞内读经著书。我想，他们来此洞中决不是为了求得仙人们的指点。我发现洞壁上有烟熏的痕迹，这也许是马氏父子俩煮粥时留下的印记。他们划粥而读，终于为后世留下一部"考核精审、持论平正、上下数千年，贯穿二十五代"共 348 卷的鸿篇巨著——《文献通考》。他们这种面壁苦读的精神，真为后人所敬仰。

到达山顶，好似进了一座小城，又好像进了动物园。嶙峋的怪石，千姿百态。正如《乐平县志》上所说的那样，"有像滚马，有似伏牛，有类顽猴，有肖卧猿"。居住在这里的仙人们大概耐不住山中的寂寞，你养马、他要猴地打发日子，天长地久，就慢慢地变成了这个样子。

我们或小心地骑上"马"背，或勇敢地爬上"猿"头。我禁不住钦佩大自然的创造力和想象力。它可能想到文山这地方今后会人旺物丰，应该有座好石山，让人们在劳作之余爬一爬，于是在亿万年前，就让这山"嘎嘎"地冒了出来。

落日的余晖，涂抹在山崖上，使灰白的石头反射出淡红的色彩。站在"牛"背上，鸟瞰山下，道路阡陌，村舍错落，炊烟袅袅，田野广阔。我油然而生出一种大胆的想象：如果把田野当盆，这仙人山就是一个大盆景了。

站在"盆景"上，环顾四周，总觉得这"盆景"缺少点生气。老农说："我小的时候，这山上有好多大树，后来慢慢就成了光山。你们看，现在就连做扫帚把的树也没有了。"看着这光山，我还记起宋代名臣彭汝砺形容这山的诗句："大松十里见旌旗，晓日朝霞五色衣。"大自然造了一个有山有水、有草有树，连仙人们都愿在此居住的地方，而人类的刀斧却这样无情，把这座山削成了光头。

远处有几个小孩担着茅草，摇摇晃晃地下山去，没有听到他们唱山歌。山风吹得茅草在响，白色的茅草花在摇头，似乎在惋惜打扮仙人山的任务完成得太快。

下得山来，仰首朝山上望去，暮色和山岚之中的"盆景"又是一番扑朔迷离的景象。虽然已站在大地之"盆"上，但我还沉浸在对大自然的神奇功力的赞叹之中，沉浸在为"盆景"美中不足的叹惜之中，沉浸在大自然和人类关系的思考之中。

（1991 年初到乐平文山乡采访之余，游乐平"十景"之一——"丛玉画图"。感叹人为景观多做作，自然景观又多为人毁，便成此文以志。同年 4 月 27 日发表于《乐平报》。1996 年 5 月入选《乐平散文选》）

劳累的星期天

星期天照样不能睡懒觉。4 岁的女儿睁开眼，便吵着要起床。你不得不起来，妻子洗衣我做早饭。

星期天逛街的时候也不多。女儿天天上幼儿园，天天从街上过，带她上街，她也不愿意，何况手头拮据，上街就要买衣买巧克力买玩具，实在没那么多钱。

于是就只好待在家里。也用不着人搞室内室外卫生，住的是学生寝室一间房，一门一窗，走廊还是公共的，除了几宗必需的家具外，还有两辆自行车，要打扫的空间实在有限。

你不能看书。你刚拿起书，女儿就叫："我也要看书。"于是你放下书，拿来她的《幼儿画报》，边翻边讲已讲了 25 遍的故事："滴嗒、滴嗒……小闹钟整天站在床边柜上，觉得生活太单调了……"你还要用心地讲，绝不能讲错，因为每幅画说了什么女儿都记得。

写字也不行。想提起笔，女儿便喊："我也要写字。"你就得拿来写字板，教她写会写的"1——1 像铅笔细长条"、"4——4 像红旗迎风飘"……

因为活动的地方有限，玩小火车常常不是钻到床底下，便是碰到柜子脚桌子脚。女儿不高兴，就爬到床上用纸折飞机用手绢叠老鼠，看她从叠好的被子上跳下来，跳得床板"嗵嗵"响，看她笑得"咯咯"响，你也得跟着她笑。

我和妻子既不会打牌又不会打麻将，思想远远落后于"形势"，所以星期天也从未"有朋自远方来"高喊"四缺一"。因为楼上楼楼下没有小孩玩，我们只好小心地陪着女儿玩。妻子陪她玩时，我就搬一小凳在走廊上看看书。过不了多久，妻高喊"换防"。我就进来，妻出去看书。

晚上七八点，女儿就睡觉。妻上办公室备课上教室看学生。这时，你想拿起笔找回昨天的思绪也不可能了，因为每周晚上的"译制片"就要开始了。

早上送女儿上幼儿园，女儿总问："今天是星期几?"

"星期一。"

"星期天就不上幼儿园了吧?"

"对，星期天就不上幼儿园。"

可是，爸爸真不想过星期天。

（1992年7月5日《中国青年报》）

三乐之源

一个人，如果被一个人、一件事曾经感动过，那是件很幸福的事。如果一个同样的人，一件同样的事感动了你二十二年，那是什么感受？那不是一种幸福，而是一种痛苦的折磨！这种折磨，使得你有时过分地伤愁，过度地敏感，触景生情也好，借酒浇愁也好，难过的是你无法向任何人解释这样的感情，这样的伤感。

深秋的最后一个中午，我无论如何也无法入睡，起床后又坐立不安。往日都能静下心来在办公室翻几页书，但那天却有了难有的烦躁。我以为自己生病了，但头脑依然清醒，有一个声音总在耳边响起："你应该去那里看看。"

那是个什么地方？我知道。二十二年来，我有时会突然想起那里的古民居、青石板路、斜长的石阶延伸到了河边。码头边有几位村妇在洗菜洗衣。古樟树梢漏下的阳光，花花点点。

在乐平工作二十二年来，由于职业所致，我几乎到过乐平的每一个乡镇，每一个村子。不知从何时养成的习惯，可能自己不是乐平人的缘故，有时，对村子的名字的来历、含义以及当地有什么名人、名产等，总爱问个究竟，想尽快了解那里，熟悉那里，生怕以后会闹出什么笑话。

现在好了，在网络上随意搜索一个村子，你也许会发现一个很奇怪的现象。村子不分大小、不论远近地域，总有几位名人令人感到自豪，或者令某个区域之内都为之骄傲。

在乐平，这样的地方，这样的村子，当属洺口戴村。

二十二年前，我从景德镇调到《乐平报》社当一名小记者。1988年的秋季的某一天，我的一位在景德镇工作的同事接到了一个任务，要为《中国大科学家》词典撰写戴良谟的条目。他委托我完成这个任务。

我先从《乐平县志》上了解了戴良谟的主要简历。出于好奇，我想还是想去戴村去看一看。

坐着破吉普，一路颠簸到了洺口镇政府。镇政府很热心地派了一名同志陪我去戴村。秋日的阳光依然很灿烂，乐安河水波光跃金，小船在河面上撒网打鱼……

沿着青石板路，在歪歪扭扭的小巷里穿行，古樟树斜依旁出，古民居错落有致，古朴典雅。村里人不时和镇里的干部打招呼，他们听说我们去戴良谟家，都很热情地指路。

七拐八弯，终于到了戴良谟先生的家。这是一栋矮小的一堂二房的平房。其实，这是戴先生大儿子戴铁城的家。他的故居在别处，早已经变卖给了其他人做了房子。

在我的记忆里，戴铁城个子很高、很魁梧，也很健谈。因为是长子，戴先生就坚持让他回到了家乡，其余几个弟妹都在外地。他还说，父亲死后执意要安葬到家乡，坟墓就在河那边的山坡上。

他送了一张他父亲的照片给我，连同戴先生的生平稿子，我寄给了景德镇的同事。

一晃多少年后，每每想到此事，心里总有一种说不出的滋味。但是什么滋味，又总说不出头绪。

戴村应该是一个有名气的地方。公元195元（兴平二年），县治于洎口（戴村）设乐平县为乐安县。公元621年（唐武德四年）又重置乐平县，仍治乐安乡洎口（戴村）。戴村设县治两立两废，这不能不说是一个奇迹。先朝各代，在同一个地方，除了西安、开封、南京等地设立了历朝古都，在一个临河的小山村，先后共置县治402年，恐怕在全国是独一无二的了。

戴村当时是乐、德、婺三县来往船舶停靠码头，物资集散地中心，这里有城隍庙、鼓楼阁、商铺……我无法去揣测当时的戴村是一番怎样繁荣的景象，除去它发达的水路，难道还有其他的优势吗？为什么在一个很漫长的历史中，戴村可以独占鳌头、历经几百年而不衰呢？

我无法探究其中的奥秘！

在那个辉煌骄傲的年代里，戴村的每一块青石板都可以诉说着美丽的故事，每间商铺都会听到不同的方言，每一棵樟树都会有一个动人的传说。仅在清代，相邻的洺口村就有四五家书院，清代以前甚至更早，戴村有多少"教馆""散馆""义学""书院"呢？不得而知，但应该不在洺口之下。加上南北商人、政客，东西方言、土语在这里融会交流，在政治、交通中心之中，又自然形成了文化的中心。所以，戴村是我们乐平民风民俗、文明礼仪的发源地。

这里注定要出一位名人！

戴良谟应运而生。

我无法细究戴良谟当年的情景。小时候的他，天天穿行于青石板的巷道里，有时对商人的对话充满好奇，侧耳傍听，似懂非懂。长大了一点，有时会站在码头边，望着点点的白帆，浮想联翩……他是怎样顺着乐安河而下沿长江到南京求学，又怎样远渡东洋，在日本与前清金格格相爱。回到中国，又怎样竞选县长又辞去县长……拖儿带女，转辗他乡，又顺着乐安河而上，最后选定在乐平儒学里办一个中学。

这一年，他 27 岁。

从此，这个人，这件事开始感动着我。二十二年来，一直影响着我，折磨着我。

戴良谟应该是一位很优秀的人才，东南大学毕业后又留学日本，与皇室后裔相爱。回国后，竞选当上了县长，且颇有政名。弃政从教，当过清华大学、西南联大的教授。

戴良谟更是一位很传统的知识分子，当时国难当头，民不聊生，他却选定在家乡办一所中学，这需要多大的勇气和毅力。特别是见过大世面、喝过洋墨水的他，毅然将大儿子遣回老家戴村定居，自己和老伴过世后也要安葬在泊水之岸。长子如父，大儿子是他的化身，他让儿子代替他留在戴村，留守家乡。安息在泊水边的他，可以天天听到家乡的哗哗流淌的河水，倾诉他对家乡无尽的思念和永远的祝福！

一个人在那样艰难的年代里，为家乡做了一件事，做了一件惠及后代的事，真不可思议！戴良谟 1928 年创办了"乐平县立中学"。据《乐平县志》记载："至 1956 年，除乐平中学外，本县无其他中学"，"1954 年秋，上饶专署将婺源、德兴、万年、余江划为乐中高中招生区"。虽经世事更替，乐平中学都是当时乐平乃至周边地区的最高学府。我想，如果稍为放大一点戴良谟对乐平及周边地区教育教化所做的贡献的话，应该与山东曲阜的孔子相当。因为，我们赣东北地区的后代学子，我们老师的老师的老师，都应是戴先生的弟子。我们应当称戴良谟为"戴子"。

晚饭后，我由戴村小学占元华校长引领去戴子的家。小广场上几盏小灯，两三个妇女在舞曲的伴奏下扭着腰、摇着手跳舞。现代文明的气息以惊人的速度在有人的地方蔓延着、渗透着。我们凑着打火机的小电筒，七拐八拐地找到戴子的家。这个家我二十二年前来过。戴子的长子戴铁城已去世多年了，其儿子戴长林夫妇热情地接待了我们。他的小女在城里读书。环顾室内物件，心酸不已。一位名人的后代，生活竟如此窘迫艰辛！

我们默默地退出。回到戴村小学，与占元华等人长谈。戴铁城虽不识字但当了很多年的村调解主任，村里人对他很敬重。但当了解到，占元华、谭生平两位都是 1991 年分配到这里当老师的，从未调动过，并且他们的爱人都是戴村人，我内心充满了无限感慨！

第二天一大早，我陪占校长去菜市场买菜，因为有五位城内的女老师的伙食他要负责。他说，以后她们可能会调走。但一个女孩子能在这偏僻的地方工作几年也不容易。我们这里成了一个驿站，接待了很多老师，也送走了很多老师。这是戴先生的家乡，我只能守在这里了。

买菜中，正碰到了我前几年认识的戴老。几年不见，苍老了许多。他个子很高，年轻时绝对是个帅哥。他昨天打了鱼，大提篮里五条小小的鲤鱼、鲫鱼加起来不到半斤重。戴老七十多岁了，无子无女，常年以打渔为生，落下了一身毛病，每个指关节都肿得好粗。几年前，我到过他家，当时他说过，河里几乎没有鱼了，上面的水一下来，连螺狮都死光了！

秋天的早晨，不很冷。他穿着很厚的棉衣，很厚大的棉鞋。我问他过得怎样？他说，好！好！在淘金挖过的坑里有时能打到几条鱼。现在不能到外地去打鱼，船破了，人也老了，不好弄啊。

吃过早饭，我让占校长骑摩托带我去了河对面，本想去拜竭戴子的坟墓。沿途两边平整的土地干涸龟裂，荒草遍地，芦苇长得很茂盛。我突然不想去了，在戴子面前，我能说什么好呢？我们改道去了五一桥小学。这个小学建在山窝里，来自七八个小村的 52 位学生，一到五年级都有，3 个复式班，3 个老师。见到我给他们照相，孩子们笑得真灿烂！

返回时，我们在河边等着渡船。戴校长指着近处的一条小河对我说，那就是泊水。我们站的地方就是泊口。

秋天的河水，泛着金光，对岸的戴村象一幅国画，景色很美。身旁的装沙船在卸沙，高高的吸沙管哗哗直下，水沙俱下，细沙叠起了层层美丽的花纹。

泊口！婺水与泊水的交汇口，就在这里，就在戴村，先人把泊口以下的河起了一个全世界最好听最吉祥的名字"乐安河"！从此，我们的母亲河——乐安河由此西流而下，直下鄱湖，连接长江，奔向大海。

水长流，人会老。我们似乎忘了这里。如果真的忘了乐安河，忘了泊口，忘了戴子，那么我们究竟是谁呢？

这是一块圣地！

这里不仅是乐平母亲河（乐水）之源，更是乐平文明礼仪（乐礼）之源，乐平教育教化（乐教）之源！这里，是我们应该共同拥有，永远值得珍惜、爱护、并引以自豪骄傲的"三乐之源"！

（原载于 2011 年 2 月 26 日《景德镇日报·乐平新闻》，2012 年 9 月入选人民文学出版社《萧山风情》）

诗 歌

故乡的小河

从很远很远的地方
你日夜不息地流来
一路你讲了很多很多故事
讲生儿育女讲日子如水
讲播种收获讲生活
平平常常都是一首首歌
作词的是两岸的你和我
谱曲的是你这清清的小河

（1991 年 5 月 18 日《乐平报》）

小家小景

一藤葡萄二层绿，三间陋室四壁书。
半轮明月满地圆，数枝幽兰独自香。

（1994 年 7 月）

乐在其中

城区中学曾安家，总把陋室当豪宅。
屋漏静听风雨声，默数门前玉兰花。

（2002 年 3 月）

登滕王阁

故郡新府英雄泪，滕王高阁几废兴。

登楼心如秋水长，难赋孤鹜落霞情。

（2002 年 7 月）

过三峡

夜泊白帝江心中，心潮逐浪沐仙风。
明朝艳阳高照日，顺流直下三峡东。

（2002 年 7 月）

游桐庐

心闲无梦日月清，逃却高名远尘俗。

采菊煮酒桐庐前，富春山居作野夫。

（2012 年 12 月）

我在哪里等你

——致新华·手机广场

那时
你骄傲地矗立在城市最繁华的路段
多少次我静静地望着你
快活地投进你的怀抱
希望融化在那温暖的海洋里

而今
你傲慢地偎依在城市最华丽的路口
多少次我远远地看着你
忧伤地路过你的身边
生怕卷入那嘈杂的声浪里

那时
你曾经是我的自豪
我可以在那里遨游　浮想
你曾经是我的乐园
我可以把灵魂寄存　安慰
你曾经是一个城市的标志
我可以在那里约会

而今
你尽管风情万种　驱赶潮流

我却不能朝思暮想

你尽管淡妆浓抹　花枝招展

我却不能魂牵梦绕

你只能是一个地方的符号

我却不知道在哪里等你

（2015 年 5 月）

毕业感怀

你来的时候，
我已经老了。
你走的时候，
我依然年轻。

樱花曾悄悄地绽放，
小鸟仍欢快地歌唱。
夜幕下的水立方，
永远在我的梦乡。

十年磨剑初试锋芒，
雄鹰展翅长空翱翔。
我心中的理想，
总是在很远的地方。

几度春秋风霜，
美丽总有忧伤。
校园是永恒的背景，
你是那绚丽的风光。

（2017 年 6 月）

在这个园子里

这个园子好小
教室
食堂
寝室
我每天都来回画着
很短的直线

这个园子不大
开学典礼
运动会
广播操
只需半个操场
就把几千师生全部装下

在这个园子里
时光很慢
上课
起立
下课
重复了近万次
每一节课都那么漫长
每天都巴不得提前放学

在这个园子里
日子真快
期中
期末
好像只有两天时间
就从高一跳到了高三
从小弟变成了学长

在这个园子里
樱花在四月开放
桂花在八月飘香
竹林里的那群小鸟
总在我心烦的时候
故意高声欢唱

在这个园子里
不约而同地遇见了你
点头
微笑
嬉闹
我保证
望着你远去的背影
我不会流泪

（2018 年 5 月 22 日）

小　说

小队长

　　过完年的正月初四上午，空气中的爆竹香味还没有完全散去，老王的大儿子大王、小儿子小王就带着老婆出去打工了。老王领着孙子、孙女送他们到了村口，便一手牵一个，哄着哭哭啼啼的孙子、孙女回到了家中。

　　说实在话，两个儿子远在重庆打工，儿媳也只去了半年，中途难得回家，这样来去匆匆的，心里实在过意不去，但老王一想，在家又能做什么呢？无非是喝酒、赌博，现在的农村小青年啊，想到这里，老王叹了一口气，都是钱作怪！

　　过小年前后，外出打工的人们都陆陆续续地回家了，有的开着小汽车来，有的拎着大包小包的，少男少女们都和时装模特一样，身上穿得五颜六色的，大冬天有的人还穿着小裤衩，把腿露出来。小伙子们的头发也是染得五颜六色，有的只穿着一件衬衣，冻得嘴唇都发紫了。

　　回来后，都好像提前过年，吆五喝六的，划拳驾马的，中午的时候家家都有划拳猜子的声音，热闹非凡。

　　酒喝多了后，便听得几个大嗓门直叫唤道：

　　"开始不？"

　　"谁来坐庄？"

　　"怕什么！来就来！"

　　于是赌博就开始了。

　　"七点"

　　"上档！"

　　"打你一拳！"

麻将的哗哗声，打纸牌的吆喝声此起彼伏，不绝于耳。

还有开着小车的家庭，干脆年前就在城里包了房间，一家人也不回老家住，嫌那里不卫生、不方便。

赌博这项娱乐其实是从年前一直到年后，只是大年三十全家团圆了一下，把桌子一收，便又开始了。然后封门和开门的爆竹声响成一片。

毕竟这赌博花的钱也是辛苦钱，但年轻人都好像不记得这钱是怎么来的。于是，钱今天在你的口袋里，明天又跑到别人的口袋里。结果，正月初一便有人吵架，初二就有夫妇打架，初三就有兄弟反目。

这年过得的确是热闹，但上了年纪的人对这些事很是看不惯。老王就是其中一个，正月初一，几个同房的人坐在一起聊天，都唉声叹气的，好像过年不是过年，而是过关一样。

老王的同房弟弟说，他们一回来，本来高兴的，但是你说，这像什么话？给我和他妈买了一套很贵的新衣服，还有两千块钱，好像打发给叫花子似的，进门到现在，只叫了一声"爸、妈"，其他时间都去喝酒或赌博了。老王说，这都是钱在作怪！

老王的两个儿子平时就怕老王，他只要哼一声，或者轻轻地咳嗽了一声，两个儿子便不敢作声了。

按照老王家的传统，正月里小辈必须向长辈拜年，外出归来，难得见面，更应该如此。这就是先有大，后有小，有了天才有地。

初一吃过面条，大王一家带着弟弟一家代表老王向村里的长辈拜年，下午可以自由活动，但是赌博不能赌太大了，要适可而止，老王是这么想的，大家在同一个村里，不能故作另类，也要在恰当的时候融为一体，这就叫"和谐""和睦相处"嘛。

初二，大王、小王带着家人去岳父家拜年。

初三，大王和小王带着儿子、女儿去姑姑家和小姨家拜年。

正月的礼节都必须按照这样规定的程序完成，年年如此。

大王和小王不在家的时候，两个儿媳中只有小王的老婆有时候去打打小牌，老王假装没看见，大儿媳一般不参加这项活动，只是偶尔给弟妹送饭时会替她换换手气。很多时候，大儿媳就坐在家里面，或者房子后面的竹林里绣那个什么"十字绣"。老王从不干预两个儿媳做什么，也从不发表自己的看法，在外面对别人提起时，都一个劲儿夸两个儿媳的优点。唉，改朝换代了，人老了，为的是图个热饭热水啊！

这年初二的晚上，两个儿子从岳父家回来，全家又团圆了，老王喝了点酒，慢悠悠地说："过了年，外出打工的人多，你们去重庆也不方便，家里的事也没有什么可做的。"

大王便接着说："爸，我想早点回单位；不过，过年回来，不能陪陪你，心里有点难过。"

"难过什么？我又没痛没病的，两个小家伙也适应了城里读书的生活，还有什么不放心的。"老王笑着说。

所以，正月还没过完，儿子和儿媳们便被老王赶出了家门。

初三或者初四，内侄、外甥会来给舅舅拜年，反正过年又有鸡，又有肉，有鱼有菜的，只是热一下饭，陪侄子外甥们喝一点酒就可以了，老王这样想的，初七大过年，在老家过完初九，就带着孙子孙女回城里去，提前为开学做好准备吧。

几年前，大王在城里买了一套三室两厅的二手房，年代较为久远，客厅小，房间大，厨房小，卫生间小，对面前后都有房子，并且靠得很近，所以视线和阳光都不太好。大王领着老王来看房的时候，老王说："这么暗？不是和牢房一样？"大王笑着对父亲说："爹，你不懂，买新区的房子，我买得起，这里只是一个过渡房，你想想，这里离小学初中都不远，以后孩子们上学方便，省得找人开后门。"

买好房子，办好了房产证，大王又托人费了好大的劲儿把自己儿子女儿，还有弟弟的儿子，全部都上到了自己家的城市户口上。

老王住的村子叫杨家，但是不知道什么原因，全村人都姓王。杨家离城里不到二十里，交通很是便利，十多年前，老王的老伴因病去世了。

大王还差一个学期初中毕业的时候，偷偷跟着一伙儿出去打工的人跑了，在外面混了几年，赚了一点钱，便兴起了做房子的念头。老王不同意大王选中在村口路边的地方做新房，因为老王是一个村民小组长，相当于原来的小生产队长吧，理由是干部不能带头占良田做房子，也太打眼了。

大王拗不过老王，把原来的老房子拆了，在原址起了一栋三层半的楼房，只是简单地装修了一楼，在二楼布置了一间房给老王住，但老王还是住在分给小儿子的平房里，很小的一间，也很简陋，只放了一张单人床，一个马桶。

后来，小儿子也挨着哥哥家做了一栋一样大一样高的楼房。老王起先是住在大儿子家的二楼，后来又住到小儿子家的一楼。住在新楼房里，窗户很大，光线很好，还有独立卫生间，但老王总是不太舒服，仿佛是住在别人家里一样。邻里朋友很羡慕老王的两个儿子，说他们对老人家看得很重，不像有些人，儿子做了新房子，老爸老妈住猪栏。老王笑着说，好什么？住在楼房里，接不到地气，身上总感觉没什么劲儿，还是不习惯！

老王在村里，多少是个小干部，他做事也公道，为人也挺好，乐意给别人帮帮忙，处理一些四邻八舍的小纠纷时，别人也给他面子。因此得了一个小名，叫作"小队长"。

吃晚饭时，老王端起饭碗，夹了一点菜，带上一包烟就满村子转，对着这边叫：还不吃饭啊？对着那边又喊：吃什么好菜呢！喝了几两酒啊？满村子都听得到他的声音。这样一圈下来，饭吃好了，坐在别人家门口的石阶上，喝着茶，或者抽几口烟，和同龄的大爷大妈们聊得海阔天空，国际国内的形势，伊拉克的战局，钓鱼岛的争端，好像是国际评论家似的。聊到大儿媳来找碗洗，才慢悠悠地回家去了。

"小队长"住的村子里，像他一样的人也不多了。只是在过年的时候，大家都陆续回来了，村子里还会热闹一阵。平时就冷清得很，听不到牛叫，也难得听到公鸡叫。每家每户的菜地几乎都成了荒地，有的还做起了楼房。

不知道什么时候起，村口停着几辆摩托车，拖着两个大篓子，上面还有几个大塑料盒子，几个人一东一西，在村里吆喝着卖菜。于是小媳妇老太太们，就到村口的老樟树底下买菜。他们带来的菜种类也多，蔬菜也有，鱼肉也有，万一今天没有的，也可向他们订货，明早一定带来。久而久之，便成为了一种习惯，每天上午九点半左右，摩托车一响，或者喇叭一按，都知道是送菜的人来了。很方便，细心的人说，这里的菜价格也公道，虽然比镇里稍微卖得贵了一点，但毕竟人家是送货上门，只赚个油钱和人工钱，这都是应该的。

老王家的菜地，就是那棵大樟树旁，也没有种什么，只是季节性的蔬菜。现在的地很难打理，因为家里既没有养猪，也没有养牛，厕所也是冲水式的，积不了肥，只是偶尔到村头水沟里淘点肥泥，作为肥料。虽然买了点化肥，但是不敢多用，一怕烧坏了菜苗，二怕用多了造成土地板结。所以，两个儿媳妇只是偶尔去菜地拔几把葱，割几把韭菜，摘几个辣椒，因此买菜的时间也多。

像老王这样年龄不大不小的人，几乎都出去打工了，有的人去外地做小工，守工棚，有的则去了城里边收破烂边带孙子、外孙读书。赚到多少钱是一回事，见见世面是另一回事，但叫他们做惯了工的人，突然闲下来，静下来，身上的劲儿便犟人，总要找点事情做才好。有时，老王一个人在菜园里发呆，慢悠悠地锄地，其实也没有什么草，只是打发时间，他有时候想着，万一村里有老人过世了，抬棺材的人都找不到。

老王本来也跟着别人去外面打工，大王、小王坚决不同意，说妈不在了，爸的身体要紧，赚钱的事情我们来，您在家好好休息，用钱只管开口。其实，老王也用不了什么钱，只是抽几包烟的开支。像四季衣服、皮鞋、袜子，甚至领带、手套、围巾、帽子，大王和小王都比着买，连西装都买了三套。可老王只穿过一次西装，那回他穿着一套深青色的西装，在村子里转了一圈，回家便换下来了，他说，穿着浑身不自在，全身发紧，幸好没有系领带，像耍猴的一样。从此老王的西装只挂在衣橱里，几乎一年到头穿着一灰一青的两件夹克，这两件衣服还是老伴在世的时候买的。

不去菜地的时候，老王就在村里转着，有时站在打麻将的老太太们后面看她们玩。在老王看来，满满的一手，窄窄的一把，花色都差不多，什么碰啊，吃啊，杠啊，老王实在看不懂。但老太太们很认真，胡啦！满口没有牙齿的嘴张得老大。

说老实话，现在的农村不该叫农村，应该叫闲村、空村。就拿种田来说吧，你完全可以穿着皮鞋和西装种田。育秧有育秧器，田打好了，整平了，你站在田埂上随手抛秧就是了，也不用耘禾、晒田、除草，顶多打一两次农药。收割的时候，你租一台收割机，不到一小时，就能收割完，你如果图个清闲，不愿把谷子担回家，上门收购的粮贩子会到田边来收购，收了钱，你便什么事也没有了。

村里的田大部分都转租了，一亩田除了政府的各项补贴，承租人还会给你百来斤稻谷，或者相应的现金，就没有事了。只有几块半冷浆田没有转租出去。

老王就有一块这样的田，一共就一亩左右吧。当时，如果要便宜一点转租出去也行，只是老王想着，总要留一块田用作自己劳动劳动，打发时间用吧。

这块田，老王种了糯谷，收成不算太好，因为想晒晒田，半个月下来田里的水都干不了。只能说收多少算多少，主要是用来做年糕。

收完了晚稻，老王想种点油菜，但考虑到排水问题，就没有种，最后种了红花，可惜长得也是东一簇西一簇瘌痢头一样。

老王当了半辈子农民，总也改不了一些顽固的习性。他总认为现在这样种出来的东西没有被汗水浸过，不如以前香，不如以前好吃。比如他还记得新米粥的清香，比如那用干锅炒的吃起来咯吱咯吱带一点锅巴的米饭，如果再有一小盘红烧过碗鲫，加几勺鱼汤，或者吃几块豆豉蒸肉，那真是舌根都要吞下去了！

可惜，自从老伴走了以后，老王再也没有吃过这样的好东西，只能在记忆里慢慢回味。但他自己不会做，有时候向儿媳妇提出，儿媳也做不来。

老王的田，离学校也不远。空闲时，老王就转到学校里面去，看看孙子、孙女读书的样子。村里的小学建在田畈中间的荒丘上，当时建在这里，是考虑到附近几个小村子的学生方便集中到这里读书。

小学校园有围墙，大门，一栋三层的教学楼，六间教室，左边是用老校园拆下来的旧材料、砖瓦改建的厨房。原来，这个学校有一到五个年级，每个年级一个班，每班30多名学生，一共不到150人。放学的时候，孩子们从学校出来，沿着大道、小路和田埂热热闹闹地回家，整个田畈都能听到他们的笑声和打闹声。

现在这个学校一共只有17名学生，原来的学生一部分进城里读书了，另一部分跟随父母去了外地。一到三年级12名学生，在一个教室里上课；四到五年级5名学生，合在一起上课。教室都在一楼，教师的办公室就在两间教室的中间。

教师一共有7人，包括校长在内。校长也难得出现在学校里，为了方便大家，6名教师分成两组，每组三人，每周上三天课。三天中，每天两个老师负责买菜和做饭，考虑到要去杨家村的大樟树那里买菜不方便，又只需做一顿中饭，后来就不在学校做饭了，干脆从家里带来或者从快餐店买来，在学校厨房热一热吃。

下午的时候，值班老师给学生布置几道家庭作业，便可以放学了，老师学生都可以回家了。

老王想着，这样当老师的日子也难过，又想请老师到自己家里去吃饭，只要随便交点柴火费什么的，也好有一口热水热饭吃，只是怕儿媳不肯。他甚至还想，自己去当学校里的伙夫，不要工钱，但老王几十年来没有摸过刀铲，做出来的东西自己也吃不下，又怕村民们说三道四，就放下了这个心思。

杨家因为与镇里只隔着一条大河，河面上有大桥，交通很是方便。只是俗话说隔河千里，人们的心理上就认为杨家很偏远，小学位置很偏，因此老师们不愿意来。学校里的6名教师，其中还有3个是临时的代课老师，可能是没有考上高中的初中毕业生也说不定。老王心想，这些老师说不定自己还搞不清楚加减乘除，这怎么能教得了学生呢？

去年暑假，也就是 8 月 23 日，老王记得这个特别的日子，当天下午，离开学报名还有一周的时间，他的两个儿子突然同时回来了，老大还特地从城里带来了很多菜，还给老王带了两条好烟。

晚上，父子三人，两个儿媳妇，一个孙子，一个孙女，一共七人共一桌吃饭，两个儿子不停地给老王敬酒。老王明知两个儿子有事要说，他也不开口问，故意装作不言语，喝闷酒。

看着老王不动声色，两个儿子也不敢多说什么，还是大儿媳伶俐一些，她说："你们在外面吃香的喝辣的，过年到现在大半年了，你们打过几个电话给爸爸？老人家总是担心你们的身体，挣钱多少没有关系，身体要紧，出门在外，同事关系要处好，互相要多照应，该帮忙的时候要帮忙。"

大王急忙说："爸，我错了，下次一定记得。"小王也忙着点头。

老王看了看他们，这才露出了一丝笑意。心里想着："鬼东西，你们是我的儿子，你们身上有几根毫毛我不清楚？这次回来，该不是请我去你们那里守什么工棚，让老父亲当一个老打工仔吧？"

小王看父亲笑了，忙说："爸，是这么一回事，我是想……想……唉，哥，还是你来说吧！"

打从大王小王懂事起，父亲就是威严和说一不二的代名词，尽管他从没发过什么火，但是光轻轻地瞪一下眼睛，或咳嗽一声，大王、小王便不敢作声了。母亲在的时候，大王小王还可以玩闹打架，要是老爸在，那想都不敢想，乖得像小猫，温顺得很。

大王给父亲点了一支烟，自己也拿了一根，抽了几口，又喝了一口茶水，清了清嗓子，才说道："爸，是这样，我们兄弟商量了一下，有件事想征求您老的意见。不过，您要是不愿意，就算我们没有说过，您也别往心里去。"

老王说："少啰唆，什么事？"

大王接着说道："您觉得去城里住着怎么样？"

"住城里？干什么？"老王的口气稍重了点。

"是这样，我们有一个两全其美的想法。"大王说，"您住在城里，带带孙子孙女们，他们正好在城里读书，也好有人陪着您，城里什么事情也方便。您觉得怎么样？"

"哦，是这样。"老王轻轻地回了一句。

"爹，您总是说我们两兄弟没有好好读书，是我们小时候不懂事，给您带来了遗憾。现在，您也看到了别人家是怎么个情况，有点钱，有点路子的小孩都到城里去读书了，我们村的小学，那是读书的地方吗？连幼儿园都不如！"大王深吸了一口气，接着说，"我为什么早几年钱就在城里买了二手房，还不是为了让我和小弟的孩子能到城里读书，等他们考上大学，出人头地，就给您争了光，给我们老王家争了光啊！"

大王说了这么多，心情很是激动。两个儿媳妇在边上，都不敢大声喘气，就像等青天大老爷把惊堂木一拍接着宣判一样。

老王把嘴里叼着的烟抽完，喝了一口茶，轻叹了一声，慢悠悠地说："你们这时候回来，又是一起到家，我就猜到了你们有事，并且是孩子们读书的事，既然你们都开了口，我就老实和你们说吧。其实我早就有这样的想法，这件事我同意，赞成！哈哈，就这样吧！为了我的孙子孙女嘛，还有什么办法呢！"

听了老王的话，几个小辈高兴得和什么似的，小儿媳忙给老王又点了一支烟，说："还是爸爸好！通情达理！"

老王回过头来，对两个儿媳说："还有一件事，我替你们说了吧。等我们进了城，你们也和大王小王出去打工吧，多少赚点钱，现在房子做好了，留给孩子们以后读大学用。再说，夫妻俩在一起，也有个照应。家里的事，孩子们的事，你们就放心交给我吧。"

老王这一席话，说得大儿媳妇的脸上红晕晕，眼睛里泪汪汪的，她抹了把脸说："那就苦了爸了，带孩子真是件辛苦的事儿，光是一日三餐就够您忙活的了。"

"对了，你可提醒我了，我从来没有下过厨房做过饭啊！"老王用一副无奈的口吻说道。

这话真像是老爷子说了，把一家人都给逗乐了。

小儿媳妇笑着说："爸，这也没什么为难的，我没嫁到你们家来的时候，我也不会做饭，做过几次，自然就会了。"

老大媳妇接着说："要不这样，明天一早，我煮稀饭的时候爸在边上看着，边学起来，中午呢就教您炒菜，您说行不行？"

这可真是活到老学到老，老王这心里呀，好像也年轻了几岁。一叠声地问大家明天想吃什么菜，这可是老父亲第一次下厨，千万要把握机会。

或许是两个儿子回来了，或许是多喝了几杯酒，当晚老王很早就睡了，连呼噜声都比往日响了许多。

第二天早上，老王在大儿媳妇的指导下，用电饭煲煮了稀饭，举一反三，他也学会了怎么煮米饭。中午试着炒了几个菜，都是在两个儿媳妇的指导下完成的。动作十分滑稽，但她们都不敢笑，一直憋着。煎鱼的时候就更逗乐了，老王拿着鱼尾的手都抖得厉害。幸亏旁边儿媳妇提醒，才知道要把鱼从锅边上滑下去，不然随手扔下锅，那是要被油花溅成大花脸的。

小儿媳还传授他一句口诀：咸鱼淡肉。意思是说，煎鱼的时候最好多放些盐才有味道。蒸肉或者炒肉片的时候，盐却得少放一点，肉才更香。

这样手忙脚乱地忙了一上午，等到中午开饭的时候，大王和小王陪老爸喝了几杯酒，说这菜炒得真好吃，连两个孙子孙女都说爷爷的菜炒得比妈妈好。不过你还别说，老王吃着这辈子做出来的第一桌菜，感觉还真是好吃得很。

以后的两天，大王小王带着他们两家人去了孩子们各自的外婆家。老王自己管自己的饭，做得很起劲儿，吃起来也觉得很香。空闲的时候，到菜地锄了锄地，松了松土，又去村里转了一圈，告诉村里关系近的老人，说自己要去城里，陪孙子孙女读书。老人们都说，老王你可真有福气，以后就是城里人了，有时候记得回来看一看。老王忙应承道："那是自然！我还要回来看你们打牌呢。"

回去的路上又去小学转了转，心里有点后悔，村里小学院子里的野草已经有半人高了。

又花了两天时间，两个儿子带着媳妇进城去了，将早已买好的房子彻底地打扫了一遍，专门买了一台冰箱放在小厨房里，又将什么油、米、盐、酱油、辣椒粉、味精和醋什么的，都一一买好。由于前后楼面的距离比较近，不好装空调，就买了几台落地扇。还有竹席啊毛巾啊大小枕头等等，还给老爷子安置了一个竹摇椅在客厅，一把旧年头常见的麦秆编的大扇子。总之，生活必需的东西，他们都一一想到了。

8月30日那天上午，老王把老家的窗户和门都锁好，又慢慢绕着屋子前后转了一圈。心里虽然不舍，还是在孩子们的簇拥下，走出了村口，搭上公交车，进城了。

到了新家，安顿好了，两个儿媳妇忙着洗菜做饭，大王领着老王去街上转转。出门向左走到路口，再向右拐，便是大街，严格地说，这条路是城市的南北方向主干道，车多，人也多。

大王指着南面说："从这里向前走三百米，就是二小，两个孩子读书的地方。"又转身向北，说，"这往前四百米，就是二中，将来他们读初中的地方。马路对面是菜市场，以后您买菜可方便了。就是过马路千万小心，要看红绿灯，走斑马线啊！"

老王看了看这车水马龙的大街，又望了望学校的方向，对儿子说道："这读书的地方可比村里的小学还近啊！"他咧开嘴笑了笑，算是对儿子办成了这么大事情的最高赞赏。

大王看了看手机上的时间，说："爸，我约好了一个教育局的朋友吃饭，他明天带孩子们去报名，今天好好谢谢他，您认识路回家不？"

老王说："这就把我当成是乡下人了？你去吧，中午少喝点酒。"

父子俩在路口分开了，一左一右。转了一个弯，老王心里想，既然明天就报名，今天为什么不去二小看看？细心观察了一下拐弯回新家的路口位置，便朝儿子说的方向走去。

二小位于大街的上坡处，校门很大，伸缩的电动不锈钢大门，左边是一家中国银行，右边是农业银行，对面是一家超市。超市两边几乎都是卖儿童玩具、书包和文具的，店铺很小，书包和玩具都挂在店面外放着的铁丝网上。

因为学校还在放假期间，不能进去，老王想，今天也算认识了路，以后还有机会进去，便转头回家了。

到家后，孩子们还处在换了新环境的兴奋中，东躲西藏地打打闹闹，笑得十分开心。小王也被大王叫出去陪着喝酒了，只有小儿媳妇在厨房里炒菜，老王就坐在客厅里看电视，抽烟。

门响了，是大儿媳妇从外面回来了，她买来小孩子喜欢吃的鸡翅鸭脖等卤味，还有各种饮料，放在桌上五颜六色的。孩子们看见了眼睛都亮了，一个人抱了一瓶在怀里，大声地说这个归他了。看见大人们没有反对，就又笑开了怀，把饮料藏在了自己的小房间里。

老王看着这热闹的情景，小家伙们又吵又闹，一点烦恼都没有，显然没有什么思乡的离愁。老王看着也笑了，以后每天的日子都这么红红火火的，还有什么烦心的事情呢！

中午的这顿饭相当丰盛，老王慢悠悠地喝着酒，第一次嚼上鸭脖子，入口又辣又麻，十分开胃，难怪小孩子们喜欢吃。热热闹闹地吃完了饭，两个儿媳妇带着孩子们去逛街了，老王洗完碗就回房躺下休息了。

新家是三室两厅，说白了就是两个卧室，一个小小的书房，客厅和餐厅连在一起，很小。厨房在进门的左侧，也很小。

孩子们的房间都朝南，但也是几乎没有光线，两个房间都摆了一张小书桌，桌上放着台灯。老王就睡在小书房里，因为没有窗户，进去必须开灯，老王心里琢磨着，没有窗户更好，图个清静。

快吃晚饭时，两个儿媳带着孩子们回来了，各拎了两个大包，装满了衣服鞋子，吃的玩的，像开百货商店似的。等分好了东西，都放在自己的房间里，孩子们比过年的时候还高兴。

正准备吃晚饭时，大王和小王回来了，醉醺醺的，大王往椅子上一躺，说："搞好了，明天去报名就可以了。"

小王说："中午大哥请教育局的朋友吃饭，又把二小的校长、副校长还有教导主任一同请来。大家吃得都挺高兴的，本来是需要经过入学考试的，领导说这次就算了。"他端起一杯水喝了一大口，又接着说："幸好他们下午要准备开学，要赶回学校开会，所以大哥和我带他们去泡了个脚就散了，本来还要折腾到晚上呢。"

还要带他们泡脚？老王搞不懂泡脚是怎么一回事，小王解释说这是一种保健按摩，热水泡了脚，再有小姑娘从头到脚给你按摩，这样还能醒酒。

老王听完不作声了，本来一家人准备进馆子好好庆贺一下的，因为他们都醉了，只好改在明天中午。等吃完饭，儿子儿媳们便要回打工的地方去了。

大王没有吃饭，进儿子的房间睡了，小王也只随便吃了几口饭，喝了点汤，也进房间睡了。

收拾好了饭桌，儿媳们陪着儿女说说笑笑，老王插不上嘴，便借故下楼去买烟，上街闲逛去了。

夜晚的街景似乎比白天里好看多了，人多，灯多，只是空气中散发的烤羊肉串的味道，老王觉得很不习惯，家里面哪有这种呛人的味道呢！

老王记得自己的新家就在那个东方大酒店的斜对面巷子里，便漫无目的地四处转着，对他来说，他满眼都是好奇，处处都是新鲜。特别是西门广场，热闹极了。有套圈的小摊子，卖糖人的，打气球的，唱歌跳舞的，比乡下做大戏还要热闹。老王想，这城里人真好，白天不做事，晚上就出来开心。

好不容易转回了家，大王正泡着方便面吃，看见父亲进来，他把碗放在一边，说："爸，回来了？坐着呗，儿子还有事儿和您商量。"

老王说："你说吧，我记着呢。"

大王说："两个孩子到城里来读书，有劳老爸了！时间很长，让应该享清福的爷爷给这两个小鬼当保姆，我心里很难受！"

老王笑着说："这有什么？我本来在家也没事情做。"

大王说："您千万注意身体，有什么事情一定打电话给我们！"

小说

老王说："我身体好得很，你就放心吧。我有你们的电话，你们再忙也要打打电话给孩子们，让他们听听爸妈的声音，免得孤单。我怕他们受了委屈也不敢和我说。"

大王忙说："我记着了，另外，还有一件事，说大不大，说小也不小。现在城里读书和咱们家里不一样，我们这样的农村人，容易被别人看不起。我这次托的朋友姓陈，是我高中同学，我放了点钱在他那儿，请他逢年过节买点东西去老师家，让老师多关心关心。"

他看见老王不赞同的表情，忙又接着说："现在读书不要什么钱，都是义务教育，这些钱都省下来了，送给老师也挺划算的。您有空也和老师认识一下，就说您是小陈朋友的父亲就行了。我那小鬼的班主任姓李，小弟的女儿班主任姓宋，都是女老师，非常优秀。"

这么一大段话听下来，老王想，这到城里来读书，仿佛是地下党搞活动一样，神神秘秘的。

老王看着大王把那碗面吃完，便说："你早点睡吧，我先去睡觉了。"接着老王进自己的小房间，默默记着班主任的姓，又怕记错了，想着孙子读二年级，孙女读一年级，就编了号，就叫一宋二李吧。想到自己的小聪明，老王会心地笑了，也慢慢进入了梦乡。

第二天报名的时候，全家人都去了，大王的那位姓陈的同学也来了，报名过程很顺利，老王挤在人群里，看到宋老师和李老师都戴着眼镜，一个长头发一个短头发，样子都很年轻精干。

报名费其实只交了很少一点钱，六块六角的作业本费，六十元的保险费，六十元托管费，加起来还不够一百五十元，很是把老王惊了一下，这钱可比以前读书的时候少多了，真是便宜。

报完名，大王对小王说，你带着陈哥去饭馆等我们，我和爹还有点事儿。

出了学校大门，往右，到了中国银行的大厅，大王在角落里给了老王一张银行卡，对老王说："爹，这是一万块钱，都存在里面了。"他又附着老王的耳朵说："密码写在老娘给您买的夹克口袋里面了，是119911，正反读都是一样的，记住了？"

老王点了点头，说："记得啦，前面后面都一样的！"

大王说："爹的记性我放心。"说完他和保安打了个招呼，带着老王去自动取款机取钱。按照取款机的提示，在大王的指导下，取款机哗哗地吐出了一沓纸币。

老王正想点钱，大王说："用取款机的时候，千万要注意身后有没有人，最重要的是，取好钱，要记得把卡片取出来。"

老王点头表示知道了，两个人出了银行，老王突然说："我可以不从取款机取钱吗？不能让柜台里的人帮我取？"

大王说："两万块钱以下的取款，人家服务员不受理的，他们也有规定的。"

老王说："可我眼睛花，看不太清楚取款机的按钮啊！"

"这样啊，我带您去配一幅眼镜就是了！"大王说完就带着老王去了学校门口的一家眼镜店，等一切都办好，两人去了约定好的饭馆。

和那位陈姓朋友打了招呼后，大王拉着老王坐下了，老王想看清桌子上的菜单，便从口袋里拿出了眼镜戴上。

孩子们看见爷爷戴上了眼镜，都像是看到了大熊猫一样惊奇，说："爷爷像是城里人了，变成了老师一样的！"

菜上齐了，因为昨天他们也喝多了，加上兄弟俩要赶下午的火车，便提议说喝点啤酒。

老王特意站起来敬了小陈一杯酒，说："真的多谢您帮忙！"

小陈说："应该的，我和大王是高中同学，上下铺，铁哥们！"

大王让孩子们就着饮料敬了老王一杯，说："以后你们要听爷爷的话，爸妈不在身边，要照顾爷爷，不能总是撒娇要赖。现在是小学生了，要学会和同学们相处，更要听老师的话，记住了吗？"

孩子们似懂非懂地点了点头，又忙着吃菜去了。

大王接着说："还有，你们到城里来读书了，要学会讲礼貌，要绝对服从爷爷的指挥。学校里有小队长、中队长和大队长，从今天起，爷爷就是你们的小队长。现在再敬一下队长爷爷吧!"

两个孩子站起来,齐声喊道:"敬队长爷爷!"

老王笑着说:"好!好!"

大王、小王都轮流敬了老王,又敬了小陈。有两个孩子在席面上,很是热闹,大家吃得不亦乐乎。

因为下午要赶火车,所以酒并没有多喝,吃过了饭,送走了小陈,全家人就风风火火地赶回了新家。

再检查了一遍整理好的行李,大王小王对坐在客厅抽烟的老王说:"爸,我们这就走啦!"

老王把烟掐了,说:"东西带齐了?你们去吧,孩子我看着,你们放心吧。"

跟着两儿子身后,老王牵着孙子孙女下了楼。大儿媳妇舍不得,抱着孩子差点就抹眼泪了,老王见了说:"老大家的,你们走吧,得假就回来看看孩子。"等他们转身挥手,一拐弯不见了,两个孩子便哇的一声,撕心裂肺地哭了起来,一边吵着要妈妈,一边拽着老王的衣角。老王紧紧地握着他们的小手,站在那里一动不动,仿佛不知道孩子们在哭。那场景,就好像《地雷战》种老石匠牵着孙子孙女走在前面踏地雷一样。

他的眼睛很热,身上发冷,手脚还有些麻。路人有的停下来望着他们三人,也不知道发生了什么事。

等孩子们哭累了,老王说:"小家伙们,现在听小队长的话,我们回家咯!"

两个小家伙哭得眼泪鼻涕一大把,拉着老王的手不肯放,三个人牵牵绊绊地回到了家里,老王给他们好好地洗了一把脸,孙女还不停在喊着:"我要妈妈,我就要妈妈!"伴着她的哽咽声,别提有多心酸了。

孙子似乎要懂事一点,拉着妹妹的手说:"不要哭了,有爷爷在,就和妈妈在一样。"他又跑进自己的房间,拿来许多好吃的东西,他们坐在客厅的地板上,把东西瓜分干净,又开始嬉闹起来。老王想着,这孩子哭起来快，笑起来也快，自家那两个傻小子，从小也是这样。

为了怕孩子又想妈妈，老王牵着他们上街去了，逛了逛小店，认了认路，在巷子口拐弯处煮了一碗肉片猪肝汤，炒了三盘粉，把两个小家伙吃得不亦乐乎。

吃完，三人来到学校大门附近，老王指着农业银行那两个石狮子说："明天你们就开学了，明天中午放学时，你们就站在那个大狮子边上等我来接，千万不要乱跑。老大，你要牵着妹妹的手，别走丢了！"

孩子们点点头，说不会的。老王为了加深他们的记忆，又补充说道："万一要是走丢了，别人可是会把你们卖了，卖到很远很远的地方，让老虎给吃了，记住了吗？"两个小家伙说："记得了，小队长！"老王笑着说："真聪明！好了，我们回家吧！"

回到家中，老王说："你们把明天要用的书准备好，放进书包里去。"其实也没有什么东西，课本、作业本都还没有发，书包里就装了文具盒，扁扁的。

晚上给他们洗完澡后，老王准备洗衣服，因为老伴在世的时候，总是当夜把衣服洗好晾好，说汗水浸了一夜，衣服破得快。老伴其实总是很勤快，也讲一些很有道理的话，只是老王那时候总是左耳进右耳出，没有在意。现在想来，还是有老伴在耳边唠叨好啊。

还没等老王感慨完毕，孙女过来说："妈妈不在这儿，我害怕！"孙子也说："队长爷爷，我想你陪我睡！给我讲故事！"

老王一边在心里责怪自己粗心，一边说："你们先进大房间，我洗完澡就过来陪你们睡。"

两个小家伙这才开心起来，老小把枕头毛巾被抱到哥哥房间，两个人头挨头地躺下了。

老王带上门，去浴室匆忙地洗了个澡，又把换下来的衣服都泡在一个塑料桶里，打算明天洗。抱了枕头和被子进了房间，老王刚躺在床上，两个小家伙就侧着身子挨过来，小脚还在老王肚皮上蹬来蹬去。

床很小，只有一米多宽，也许是白天累了，小朋友都睡得很快，老王不敢翻身，又怕自己打呼噜吵着他们，就睁着眼睛望着天花板，听着外面街上若隐若现的喧闹声。

睡在左边的孙女睡得很不自在，老王怕她翻身掉下床去，所以一只手放在床沿。右边的孙子两只手都放在自己胸前，很安分地睡着了。只是过了一会儿，他又翻了个身，手还向空气中乱抓，口里还有磨牙的声音，像小老鼠偷东西。

好不容易他们都睡得安分了，老王轻手轻脚地爬下床，到厨房去淘了米，放好水，等到六点把插头插上，就可以煮稀饭了。好在大王买了一张竹椅子，老王就拿了一把扇子在手上，把房门打开，朝着房间的方向迷迷糊糊地睡了。

过了半小时，老王便起来看看，小家伙们睡觉真有意思，睡的时候是头挨头，脚碰脚，这会儿工夫，他们已经变成了一个横着睡，一个竖着睡了。老王也不去惊动他们，让他们继续在床上摆造型。

从第二天起，老王的生活就很有规律了，从竹椅上起来，便打开电饭煲煮稀饭，等饭熟的时间，他就去洗衣服，洗好衣服晾好，稀饭也煮好了。拔了插头，就关门下楼买早点，花卷啊馒头啊，饺子啊，天天换着花样，小家伙们吃得可开心了。

吃完早饭，老王便两只手各牵着一个，送他们去上学，边走边和他们聊天，交待一些事情。

送他们去了学校后，老王便回家，拾了个从家里带来的竹编篮子去菜市场买菜，买完菜回家，洗好了菜放在一边，淘好了米放进电饭煲，扫了地，把昨天小家伙玩的玩具收拾一下。老王终于可以坐下来，消停一会儿，抽根烟，歇一口气。

因为晚上休息不好，老王有时候就在竹椅上躺一躺，眯一觉。又怕睡过了时间，老王在小店里买了两个小闹钟，一个放在客厅，另一个放在孩子们现在睡的房间里。

到了上午十点，老王便开始淘米煮饭，十点半开始洗菜切菜炒菜，等十一点多一点，老王饭也煮好，菜也炒好，装盘以后还用盖子盖好，生怕夏天有蚊虫飞到菜里。一切就绪，老王关了灯锁了门，下楼去农业银行的大狮子那里等小家伙放学，然后又大手牵小手地走在回家的路上，放学时候正是人多的点儿，他们三个就像是一串大小不一样的粽子，点缀在斑马线上。路上听两个小不点儿讲学校里发生的事，班上同学谁又和谁好了，谁又和谁不好了，叽叽喳喳，不亦乐乎。老王要帮他们背书包，他们还不乐意，说爷爷是小队长怎么能给我们背书包呢？牵着手就好了。老王心里挺知足的。

老王中午本来是喜欢喝一口小酒的，他喝了酒以后，又喜欢睡个小觉。现在要送孩子们上学，这下怕睡过头，渐渐就不敢喝了。只是晚上可以喝一小杯，真真的一小杯，连一两都不到。

下午，老王在一点四十多送他们去学校。中午正是太阳毒的时候，他就撑着一把大伞，一手护着孙女，孙子牵着他的衣角。这样拉拉扯扯的，像老鸡护着小鸡一样。

四点半，老王又去老地方接孩子们，学校规定要托管，就延迟到了五点钟才能接到他们。

这样过去了快一个月，天气也渐渐凉了。有天吃完晚饭，老王对他们说："从今天晚上开始，爷爷不守着你们睡了，你们自己分开睡，行吗？"孙女不同意，孙子说："我是男子汉，我行的！"

于是当晚孙子单独睡在他自己的房间，孙女还是吵着害怕，老王守着她睡。老王叮嘱孙子晚上不要锁门，半夜起床老王不放心地看了看房间里，帮他盖上小被子，才又放心地去睡了。

这样又过去了半个月，老王对孙女说："你看哥哥多了不起，你也试试一个人睡吧，你不听小队长的话啊！"孙女噘着嘴巴同意了。

哄好孙女睡下，老王又拖来竹椅放在门口，望着孙女翻来覆去转了几次，终于睡着了。老王这才放心地睡了。

睡觉的问题终于解决了，老王回到自己的小房间里，想好好地睡一觉，又怕小家伙不自在。所以他从来不锁门，半夜上厕所还偷偷地去看看他们睡得怎么样。

虽然两个小孩子都在身边，但这个房子还是没什么老家的氛围，就像来到陌生地方一样，差不多两个月的时间，老王总算是把生物钟调整好了。他自己也瘦了一圈，头发似乎也白了许多。老婆子要是还在的话，又要唠叨他不在意自己的身体了。

期间，大王和小王也经常打电话来，问问情况怎么样，老王都说非常好，孩子们听话得很，让他们放心。大王说："爸，你也别忘了去看看他们的班主任啊，了解一下班里的情况。"老王这才想起，为了这睡觉的事，差点忘了大事。

第二天上午，等孙子孙女进了校门以后，老王特意停了一会儿，才进了学校。他也不敢问孙子的班级在哪里，只好一排一排，一间一间找着，边找边默念着一宋二李，宋老师李老师的。

终于在三楼找到了二（四）班，正好碰上李老师准备进教室上课，老王满脸堆笑地迎了上去，自我介绍了自己是王斌的爷爷。

"你是王斌的爷爷？他的父母在外地打工吧？难怪没有家教，素质差！"李老师竟是毫不客气地说道。

老王愣了一下，连忙笑道："是，是！不好意思，给老师您添麻烦了！"

"你家王斌，上课总是讲话、捣乱，好像这板凳上有钉子一样，坐不住！一上课就东张西望，像个小偷一样。我早就想找他的家长了，你也是，连个电话号码也不留！回去后，好好管教管教他！典型的乡下野孩子！"最后一句话是很小声说出来的，老王常年在乡间，耳朵好，听见了。他见老师说完就进了教室，连忙朝她的背影鞠躬说："是，是，我回去一定好好说他！"

这个老王啊，第一次见老师就挨了一顿训，听出了一身冷汗，这样下去怎么得了，怎么向儿子交代啊！他也顾不上去找宋老师了，恍恍惚惚出了校门，全身无力，在校门边人行道边找了个阴凉处坐了下来。

他在那里发着呆，过了半晌，只听见有人叫他："喂！老头！"老王赶紧回过神来，冲着来人笑了一下，来人不止一个，一群人像是在散步。

“你干吗呢？生病了？”一个戴眼镜的老人问道，老王摇了摇头。

那人接着问：“那你发什么呆？别人抢了钱包吗？”

老王叹口气，说：“不是，孙子读书不争气，被老师骂了一顿，心里愁啊！”

“哈哈！又一个乡下老头，被老师耍了！”笑得最响的是一个穿白汗衫的老头子，头发几乎全白了，手里拿着一把折扇，穿着皮凉鞋，脚上还套着灰色袜子。老王心想，这人肯定是当过官的。

那个手拿折扇的老人叫老王和他们一起到路边长椅那儿去坐，其他人也都围了过来，想听老王说什么新闻。

老王觉得自己家孩子不争气，不好意思说，掏出香烟想散给大家。那个拿扇子的人说：“这儿呢有个不成文的规定，不能互相散烟，你自己要抽烟可以，记得把烟头扔进垃圾桶里就行。另外，这里说的话，到家里可不要乱讲，免得节外生枝，惹出是非就不好了。”

老王听了，点头同意了，把那根烟点着了，他也不抽，就那么夹在手里。过了一会儿，他才慢慢把自己的来历说了，什么儿子买了房，他自己带着孙子孙女到城里来读书，又说自己孙子不争气，惹得老师生气，一五一十地都掏了出来。烟都快烧没了，这才觉得有点不好意思起来。

他看向对面坐着的人，一位穿灰色汗衫的老人说：“你这还有什么不知足的，我也是从乡下来的，大儿子的小孩，小儿子的小孩，大女儿的小孩，全让我和老伴两个人带。只租了一套小房子，那叫一个挤啊，我几次想回去一个人过，又怕老伴一个人忙不过来，其实，我在儿这什么忙也帮不上。你想啊，他们做的作业你能看得懂？开起家长回来，我和老伴来回上下楼，忙都忙死了啊。”

又一位大爷凑过来说：“我的孙子读八年级了，在城里过了几年，我就仿佛过了半辈子。现在的老师啊，什么都要讲究送礼，排座位要送礼，年节也要送。还要请家教，还要在外面补课，哪里读得起书啊！”

老王没想到，他的一番话像是导火索，让大家都纷纷吐起了苦水。他也再没有说什么了，住在城里仿佛生活悠闲的老人们，原来都有一本难念的经啊。

照常吃过中饭，老王把王斌叫到自己的房间里，关上门，问了他在班级里的情况，为什么上课坐不住，不好好听讲。王斌说着说着就眼里冒眼泪了，说："我一开始坐在第三排，后来慢慢地往后面挪了，现在是倒数第二排了。"说完，他就哭了，哭得很伤心。

老王慢慢拍着他小小的肩膀，让他不要哭了，好不容易才劝好了，让他出去看电视，和妹妹玩去。

老王记得今天一位老头说过排座位的事情，他不晓得是怎么一回事，想下午去问一问，

下午送完孩子们上学，老王又走到昨天和他们说话的长椅那儿，那位拿扇子的老人没有来，周围也没几个人。老王等了一会儿，估计他是不会来了，便朝那几位昨天见过面，但也叫不上名字的老人走去。

老王咳嗽了一声，说："老几位，请问这排位子有什么名堂？"

有为稍显年轻点的老人笑了，他望了望周围，轻声对老王耳语了几句。老王边听边点头，露出了一点笑脸。

老王谢过他们，忙转身回了学校门口。这学校有个小后门，是为了教师家属往返方便而打通的一道小门，正对着一条小胡同，胡同向右拐不到十米，便是一条环城路，胡同口有间小平房，这就占去了胡同的大半边，本来很窄的小路，只剩下不到两米宽，平时进出就很不方便，放学的时候就更拥挤了。

胡同对面有一家小超市，老王看了看招牌，只见上面写着"仁义超市"，"仁义"两个字很大，"超市"两个字很小。

进得商店，老王先问了一句："老板，有香烟卖不？"一位中年男子坐在柜台后面，说："要什么烟？"老王俯下身去，轻声说："这位小哥，我给你说实话，我想买两条烟，两瓶酒，送给我孙子的班主任老师，您看看，给我参详参详？"

老板打量了一下老王，眼睛在他的塑料拖鞋上停了一会儿，这才说道："老哥，这个东西没有什么深浅，我也给您说实话吧，您是从农村来

的吧？很不容易，这又是第一次给老师送东西，往高了也难，往低了也难。我看这样吧，两条极品 xx 烟，两瓶五星 xx 酒，都是本省出的，价格也合理，也能送得出手，您看怎样？"

老王心想也行，他忙说："可以，可以，但我请您帮个忙，这送给老师的，您给我做个记号，千万不能是假的啊！"

老板说："您放心吧老哥，我在这里开了十几年店，可接待过不知道多少您这样的家长啦！我可从没卖过假货啊！"说完，他拿出一个大红色塑料袋，将选好的烟和酒装好，两条烟正好夹在两瓶酒中间。老板说："是送给二（四）班的李老师，一个女的，戴眼镜的是吧？"

老王说点头说是，老板说："我现在呢，在这纸上写上李老师，二（四）班。您呢，再写上您孙子的名字，放在这里。您明天再告诉李老师到这里来拿就是了。您放心吧？"

老王听了这一串，哪还有什么异议啊，忙说好的好的。

于是老板拿出一张纸，写好李老师的名字和班级后，又让老王写他孙子的名字。老王平时就没怎么写过字，拿惯了锄头的手啊，握不住小小的笔。他拿笔的样子在旁人看来很吃力，也很可笑。

因为"斌"字笔画多，在老板的示范下，老王练了几次，写好了这个字，可惜他把"文"字写得太大了，几乎把"武"字给挤得没位置了。

好容易写完，付了钱，刚想出门，老王一想，这还有个孙女呢！干脆，也给孙女的老师也买一份。

老板听说他还有一个孙女也在二小读书，便说："老哥呀，您可真有福气！一男一女，儿孙满堂啊！好，那就给您置办一样的吧！"

说完，又照原样装好的烟酒，写好了宋老师的名字，让老王写他孙女的名字。想起孙女名叫"王赟"，这下老王可真的头痛了，练了五六次才敢下笔，下面的"贝"字差点就没有了两只脚！老板笑着说："我也不认识您这写的是什么字。不过，这没有什么，班上很难得会有同名同姓的，老师一看就知道了。"

老王想，孙女她妈自己认不到几个字，还给女儿取了个这样的名字。

别人认不到，读不来，就能证明你有文化？略去心里想法不提，老王又付了一次钱，还和老板握了握手，出了门很得意地朝家里走去。

如果是在老家，他就可以大声地吼上两句了。因为到城里以来，这还是他第一次认认真真地为孙子孙女办了一件大事。但他这是在大街上，可不敢大声叫喊，他可不能让别的城里人叫他神经病。

晚上，老王接了孩子们回来，吃饭时他又喝了一小杯酒，高兴地哼了几声，两个小家伙们不知道爷爷在高兴什么，反正他们也被感染得高兴起来，家里面这几天隐隐约约的低气压也不见了。老王想，明天我就去告诉两位老师，乡下人怎么了？乡下人也是懂礼的，知道好歹的！

第二天上午上课，老王牵着孙子孙女的手，雄赳赳气昂昂地走进了校门。他对王斌说："你先去上课，我和妹妹去看看她的班级在哪儿，去吧！"

孙女领着他进了一楼的一间教室，小朋友几乎来齐了，乌压压的一片。教室里摆满了桌椅，几乎没有走道，孙女指着一个位子说："爷爷，我坐那里，旁边第四排，看见了吗？"

老王点头，刚想数数教室里有多少名学生，宋老师带着微笑进了教室。老王见了，忙叫孙女过去位子上坐好，他自己笑着迎了过去，先对宋老师打了个招呼，作了一下自我介绍，又将老师请到教室外边，如此这般地将他放在超市的东西说了。

宋老师听完不高兴了，嘴边挂着的笑容也没了，说："王赟爷爷，不是我说您，您怎么能这样呢？王赟她真的很乖，字也写得整齐又干净。是这样，我的班级每半个月换一次座位，中间的和两边换，两边的和中间换，这样比较公平，对孩子们的视力也好。不过，王大爷，班上有八十九位学生，我有时也关照不过来，请您不要往偏了想。"她顿了一下，又说，"我告诉您，下次可千万不要再这样了，这是最后也是唯一的一次！"看老王还没怎么反应过来，她又笑了，说："大爷，我要去上课了啊！您回去吧！"

说完，她朝老王点了一下头，便进了教室。老王在走廊那听着教室里面宋老师喊："上课!"班长随着也喊："起立!"只听得悉悉索索的声音传来,学生们都站了起来齐声喊道："老师好!"老王这个没念过几天书的人,此时倒觉得十分有趣。在那人声中,他分明也听到了孙女清亮的声音。老王笑了笑,转身背着手走了。

老王转身又到了孙子的班上,他一看不是李老师在上课,就向楼道口站着的清洁员打听二年级的教员办公室。等到了办公室,老王一看没有人在,他就站在门口等着。

等了约有半个多小时,几个女教师有说有笑地朝这边走来。李老师也在其中,只见她们一个人手里拿着一个装早餐的塑料袋,进了办公室。老王忙跟上去,对李老师说道："李老师,您还没吃早饭啊?"

李老师一瞧是老王,腮帮子上面的两块肉顿时鼓了起来,那眼镜仿佛不是架在鼻梁上,而是像放在两团肉果子上一样;她的眉头一皱,两撇画出来的眉毛立刻就粗了许多。她哑声道:"你来干什么?昨天不是来过了?"

老王说:"是,是的,不过,我今天是来……来……"

"来干什么?有屁就放!我还要吃饭上课呢!"李老师更是毫不客气。

"是这样,这里不方便,我们能不能到外面说?"老王背上的汗都要下来了。

李老师把一次性筷子往桌上一扔,说:"好吧。"就和老王走到了门外。

老王用只有李老师和他自己才能听见的声音说:"不敢耽误老师吃饭!我昨天在学校侧门口的仁义超市给您准备了一份东西,麻烦您下了课去拿一下。王斌的事情,还请您多费心了。就这样,我先走了。"

老王还不等对面的人反应过来说些什么,便赶快逃走了。他仿佛做了件见不得人的亏心事,一下子被别人发现了一样。

走到校门口,老王才长长地舒了一口气。他掏出香烟,点着后美滋滋地吸了一口,憋了许久,才慢慢地把烟雾吐了出来。

他往前两日坐过的路边长椅走去,那位教他买东西的老头依旧坐在老位置，见老王来了，他忙说："来了，怎样了？"老王笑着说："办好了，刚才和老师都说过了，请她们去拿。"

老头说："你等下午孩子们放学便有好消息了。"

老王点头，又想到一事，问道："那店里的烟酒不会是假的吧？"

那老头笑了，说："你可真是典型的乡下人！哪里会把东西拿回去的？那她们家里可放不下啊！女老师抽什么烟喝什么酒啊？她们到店里，拿了那张纸，知道是谁送的就行啦！从老板那儿领了钱走就是啦！东西照样放在店里，就是从老板那过一下手而已，瞧你这没见过世面的样子！"

老王这才"哦"的一声，原来送礼还有这样的名堂和讲究啊？

和老头聊了一会儿，老王便回去了，照老规矩洗了菜，做了饭，关了火，下楼去接孙子孙女。

放学时，孙子从老远就你飞一般地跑了过来，跳到老王怀里，说："爷爷，今天老师特地表扬了我讲卫生，爱干净，还让我坐到前面去啦！"孙女在一旁也乐呵呵的，说："老师今天也表扬我了，说我字写得很好。"见了这场面，老王也高兴起来，心里的大石头总算放下了。回到家，吃饭时候又喝了一小杯酒，哼着不知道是什么调儿的曲子，心里那叫一个美啊！

日子就这样一天天地过去了，除了往日照常的买菜做饭。老王还多了一个爱好，那就是到那些老头子老爷子们爱去的长椅那儿，听他们讲古评今，东家长，西家短，嬉笑怒骂，倒也快活了一些。

老王是个细心的人，自从他看到孙女班上有那么多小孩，孙子的班上人肯定也不少，他心里就打起了小九九。这第二小学，教学楼呈一个凹型，都是五层的楼，起码有几千个人吧，课间上厕所都要排队。第二天早上他煮稀饭的时候就特意少放了一点水，把稀饭煮得稠稠的，再炒上点萝卜丁，空心菜梗，又到楼下买馒头花卷，让小家伙们用这个下稀饭。又怕他们闹肚子，交待不许在外面小摊上吃麻辣的、凉的东西，晚上一定要盖好被子。如此这般，这才放下心来。

到了城里的第一个期中考试以后，孙子的外公外婆来探望一下外孙和外孙女。他们来的时候都买了很多好吃的东西，乐得两个小家伙高兴得上蹿下跳的。

大王的岳母说："你老真有福气，要不是我女儿想得远，早就买了这里的房子，我外孙哪能到城里来读书？你老哪能变成了城里人啊？"

听了这话，老王只得说："是啊，是啊。"

大王的岳父又接着话头说："我的双胞胎孙子也快进幼儿园了，我儿子想送他们到城里来上幼儿园。我看到这附件有一所小天使幼儿园，到时候咱们就到这里来上，就住这儿了。"

老王一听，说："那怎么住得下啊？"

大王的岳父乐呵呵地说："住得下啊，我看了看房间，完全可以。你现在那间房，让给我老婆子住。另外两间房，每间都放两张上下两层的铁架子床来，我们住一间，你年纪比我大，你睡下面。另外一间呢，四个小家伙睡，正好合适。"

老王一边点头一边说："那是，那是！"

"再说了，到时候，我老婆子做饭，洗衣，每月我们也交房租嘛，房租就用来我们喝酒就是了，到时候，你就升级为中队长了，哈哈……"大王的岳父越说越起劲儿，絮絮叨叨地说了好些。

因为亲家来了，老王多炒了几个菜，又去楼下小店里买了卤好的鸡翅膀、鸭脖子、花生米等等，亲家公开心地喝起了小酒，有说有笑的。几个月来，老王从没这样快活过啊，也从没说过这么多的话啊！他一肚子的话，巴不得向亲家倾诉，苦吧？酸啊？甜吗？什么是城里乡下人的感受啊？

待送走了亲家和亲家母，老王交代两个小家伙不准下楼，好好地在房间里写作业，不要吵闹，随后他就进了小房间躺下，不一会儿，鼾声就响起来了……

一轮明月很早就挂在天空中了，老王从压水机里打了两桶水，把他的小院浇了一遍，水洒在两栋房子的水泥地上，被太阳晒了一整日的地上十分干燥，水泼上去吱吱作响。过后，老王又浇了一遍，慢慢的凉意就泛上来了。

老王从屋内搬来一个竹床，照样用井水擦了一遍，摸上去凉凉的，又进屋拿了一把蒲扇，一个竹枕头，一条大毛巾，然后又搬来一只小木凳，放在竹床边上，他倒了一杯井水，就放在凳子上。

躺下后，老王舒适地叹了一口气。他望着天上的月亮，没有一丝云彩的夜空，只有几颗星子在闪烁。风起了，他闻着院子里橘子的香味，枣子的甜味，慢慢地……睡着了。

知了在叫，蝴蝶在飞，萤火虫在黑夜里闪着绿光，一只比别的都亮的萤火虫就飞在老王的身边，上下翻飞，老王想抓住它，便起身随着萤火虫走啊跑啊，但总是只差那么一点点。

飞过了院子，飞出了村里，飞到田畈上，老王就跟在它后面一跑一跳的。

飞到了稻田上面，老王轻轻一跳，便踩在了稻穗上了。风吹来了，稻浪上下翻滚着，老王有点摇摇晃晃，但还是想捉住那只大大的萤火虫。他像喝醉酒了的人一样，东摇西晃地跟在后面小跑。

稻穗在微风中哗哗作响，空气中飘来了一阵清香，老王仿佛闻到了新稻米粥的味道。

萤火虫飞啊飞啊，飞到了一块菜地里，钻进了一个大架子底下。架子底下挂满了西红柿、茄子、辣椒、南瓜、苦瓜、丝瓜、葫芦、香瓜……老王从这些瓜果中间小心翼翼地走过去，正要抓住停在一片叶子上的萤火虫，可是它却突然钻进了一只大冬瓜中去了，这只冬瓜可真大啊，老王想抱起来也抱不动，正想把它翻动一下的时候，只听"喀嚓"一声，冬瓜裂开了一个大口子！两只戴眼镜的大老鼠蹿了出来，一下子就跳到了老王胸前，又"吱吱"叫了两声，便迅速地逃走了……

"啊！"老王一惊！连忙坐起来，原来是一场梦啊！

一摸，身上全是冷汗！

（2015 年暑假）

家长会

今年期中考试后，小明就有点紧张起来。因为按照学校惯例，期中考试后，学校就要召开家长会，通报一下各位学生的考试情况，顺便布置收补课费、资料费等。

小明是去年考入城区一所省重点高中的。去年九月新生报到时，小明的父母都来了学校，开来一辆小三轮车，拖来了被子、箱子等用品。在男生公寓里，帮小明整理好了一切后，还在学校的食堂吃了一顿饭。吃饭的时候，小明的父母你一语我一句地反复交待小明要好好读书，好好做人！读好了书，考上一个大学，可以为家里人、家族争气、争光，以后就不会像父母一样去外地打工做苦力。小明不说话，只是点头。

走的时候，父母又找到班主任，将一张银行卡交给班主任，说，这卡你替小明保管，小明用钱的时候，你要问明情况，再给他。你就当几年小明的临时父母，拜托了！班主任说，你们放心，我会记好账的！小明会读书，也懂事。学习成绩在班上每次考试都能排前三四位，有时能挤上第二名，老师们都很喜欢他。

去年过年前几天，父母从重庆回来，先是找到小明的班主任，硬是让班主任把班上所有的任课老师，还包括音乐、体育老师请来，在一家比较气派的酒店请了老师们吃了饭。挨个儿敬酒时，当场就叫老婆把每个老师的手机号码记了下来。半醉半醒之间，他听到了班主任老师说这学期你因为远在外地，没有赶来参加家长会时，瞪了小明一眼。回家后，父母俩就联合起来，将小明打了一顿。一唱一和地说，再远，再没有空，家长会一定要参加的。这是看得起辛苦的班主任和老师，是做人的道理！以后开家长会，你要提前告诉我，懂不懂！小明点了点头，说，记得了！

小明住在寝室，吃在食堂，学在教室。有时，为了调调口味，在校门口小摊上吃碗炒粉，煮碗面条。他从不挑食，也不吃零食，身体长得也好。

只是星期天，学校不上课，小明常常一个人在街上瞎逛，几个星期天过来，他几乎逛遍了城区的旧街、新区。他也不买什么东西，只是渴了买瓶矿泉水，中午，走累了，吃碗炒粉，加一碗肉片汤。吃好了，又走回学校，美美地睡一觉，爬起来，到教室看书，做作业。

大街上的十字路口，有一个专门缝补衣服的老大爷。小明很好奇，星期天上午逛累了就去看老大爷补衣服。看大爷神奇地将烟头烫了的、钉子挂了的洞，缝补得几乎和原来一模一样。慢慢了解，大爷姓王，江苏人，原是一家刺绣厂的工人，去年来的。补一个洞，差不多要一个小时，10块钱。

星期二下午第二节课是班会课。班主任总结了上周，特别是上半个学期的工作，说我们班在全年级唱国歌比赛拿了二等奖，值周拿了第一，这次期中考试，总分排名第二，和第一只差了30来分，平均每个人还不到0.5分，但优秀率位居第一……班主任还说，为了及时和家长沟通，给大家鼓励，学校布置在本周星期天上午召开家长会……

吃了晚饭，离上晚自习时间还早。小明一个人在学校的塑胶运动场上的双杠上坐看。爸爸本来说端午节回来的，因最近换了一个打工的地方，每月多了千把块钱，妈妈还在原来的厂里打工，就不回来了。小明想过几天再告诉爸爸妈妈开家长会的事。

星期三、星期四、星期五三天，小明上课无精打采，吃饭也不香了。老师问他是否生病了？小明摇了摇头，说，没有啊！星期六中午，小明匆匆地扒完了饭，便向街上走去。下午，上课时，小明像换了个人似的，精神又好起来了。

星期天上午，高一年级开家长会。学校考虑得很周到，要求每班都买了几袋一次性纸杯子，并要求各班安排几个同学给家长们倒倒水，搞好服务。

小明自告奋勇地要求为家长服务。开会前三分钟，一位老大爷来了，小明叫了声："爷爷，你坐这里！"爷爷笑了笑，点了点头，就坐下来了。

全班 64 个同学，这次只来了 41 个家长，大部分是爷爷、奶奶、外公、外婆，有几个城里的家长挤在教室的前面有说有笑。班主任点了名，爷爷、奶奶、外公、外婆只是说"哦，来了!"还举了举手。班主任把班上的情况进行了汇报，几乎把班上的同学都表扬一遍，都有闪光点，感谢家长教育得好。家长们都高兴地点了点头，最后，任科老师也一一和家长见了面。家长们都热情地鼓了几次掌!

散了会，小明和几个同学收拾好了纸杯，扫了地，关好了门。便跑步来到学校西大门边的桂花园里。

老大爷在桂花园的石凳上等着他。老大爷把小明拉过来，把一张 20 元两张 5 元的钞票塞给他，说，小家伙，吓了我一跳，我怕老师点我的名，叫我讲话，那就露馅儿了。这钱还给你。昨天中午你来租我，我不收钱，又怕你不放心。再说，不到两小时耽误不了生意，补不了几个洞。你租了我这个爷爷来开会，我才知道你学习还好，那我就把这钱奖给你，晚上加个菜。好好读书吧，孩子! 有空来陪陪我。说完他就走了。

小明捏着 30 元钱，呆了好长时间才回过神来。其实，他的爷爷，在他爸爸三岁的时候就去世了!

两封信（小小说）

三年级时。妈妈在收拾桌子时，发现儿子压在菜盘底下的一张纸条："好妈妈，我不要后爸！"

十七年后。儿子研究生快毕业了。有一天，妈妈突然收到了儿子的短信："妈，我已找女朋友了。你快找个人吧！我不想成为单亲！"

（2018 年元月 21 日）

三妙堂（民间故事）

话说北宋治平四年，天下太平。余干难得风调雨顺，百姓安康。

这一年，新科进士黄庭坚不知何故，被贬到余干当主簿。这是县衙里掌管文书的佐吏，稍带管一管常平仓等杂务。

余干的常平仓设在西门地势稍高处。二排八间瓦屋，红石砌成。小门小窗，平时有专人看管把守。每逢灾年，这里比抢险还紧张，官府很怕灾民破仓抢粮。余干境内湖塘星布，河流纵横，"出门三脚要过渡"，十年九歉收，百姓难得过上好日子。有两首民谣说得很形象："过得年好保上年，过得节好保下年。""实在无奈何，大水浸了禾。一床破絮一担箩，出去挨户叫婆婆。"

这天下午，黄庭坚和一名衙吏巡察好了常平仓，便沿着河边小道信步朝县衙走去。

不知不觉，竟走到了市湖边。这市湖北依东山岭，湖中有一形似琵琶小岛，称琵琶洲，市湖也叫琵琶湖。岸边多植柳树，时逢四月，杨柳婀娜。黄庭坚心中突然涌起了一股酸味："昔我往矣，杨柳依依，今我来思，雨雪霏霏……"

黄庭坚来余有些时日，暇时登过东山岭，拜谒陆羽茶社，作过几篇诗作，抒发对小吏生活郁郁不乐的心情。好在余干同他老家修水只相隔鄱阳湖，民俗大同小异，加上余干人重情重义，到也化解了一些他心中的郁结。

市湖边有些景点，比如白云亭、烟波亭，黄庭坚也曾听衙吏们介绍过，听过一些奇谈逸事。

陪同黄庭坚的衙役姓张，后街张家人，读过几年私塾，长得眉清目秀，人也机灵，办事也实在。黄庭坚有时点他陪着办公务，有时到他家喝口小酒，打打牙祭，日子过得也不那么悲惟。

走过猪集，便见一排小店，干鱼店，铁匠铺，篾匠铺，人来客往，一派热闹景象。

突然，一幅幌子映入眼帘，上书"三妙堂"，迎风招展。

黄庭坚停下脚步，看着"三妙堂"几个大字，沉思不语，这"三"字厚重、"妙"字飘逸、"堂"字隽秀，书法颇有一些功底。

张衙役见黄庭坚默默点头，便说："主簿可能不知，这三妙堂有些说法。"黄庭坚转过头来，问道："什么说法？愿闻其详！"

张衙役说："这说来话长，我们边走边说边回县衙去吧。"

这"三妙堂"的确有些来头。

"三妙堂"是一家饭馆，开店的姓舒，名自生，考了几届功名，皆在孙山之后。后办私塾，置了一些田地，日子过得倒也自在。但文人自有一点酸味，也不是视为清高或流俗。经与夫人段氏商量，人生七件事，柴米油盐酱醋茶，最终离不开一个"吃"字，便卖了几亩薄地，在市湖边买下了一栋二层小楼，开起了饭馆，自取名"三妙堂"，自书店名。自开张以来，由于食材新鲜、价格公道，加上舒老板时常借题发挥，谈笑风生，生意兴隆不说，倒比当先生自由自在一些。

黄庭坚边听边想，他问："取这'三妙堂'有何故事？"

张衙吏笑着说："主簿，你别性急，听我慢慢道来。"

"这一妙嘛，有些奇妙。"张衙吏说，"店不管大小，有一样东西必不可少，是什么呢？对！算盘！可'三妙堂'没有算盘。那账怎么算呢？"

张介绍说，也不知道舒自生从那里学来的，据说是从洪家嘴乡一位洪老贡生那里苦苦哀求才学来的。

人有两掌，掌有五指，取左右掌的食指、中指、无名指，每个指各有三节，每节按秩序标为1、2、3、4、5、6、7、8、9。至于"零"在哪里，谁也说不清。加、减、乘、除都有一定的口诀和方法，算账的时候，左右手指飞快地叉来叉去，很快地便得出了结果。有人不信，曾组织过几个账房先生和他比赛，结果只是在做"除"的时候稍微慢了一点，其他都比不过他。众人这才信服。

"这第二妙嘛，有点美妙！"张衙吏说。

做菜要放酱油吧？酱油都是豆子做的，这家店用的酱油，是米酱油！

这做酱油的米，可不是一般的大米，是红米！不是有句民谚吗？"余干三年不倒圩，狗都不吃红米饭。"

这红米，一般是在大水淹过以后的田里抢种的，产量低，米糙，口感差，不到歉年，一般人也不会吃这红米饭。

也不知道舒夫人段氏是怎么无意发明了这红米酱油，那酱油，色泽浅红，讲明白一点，就像蔗糖水。那味道，甜中带香，似有少女体香味。

"这三妙嘛"张衙役说，"那更是妙不可言。如果主簿感兴趣，您可以自己去亲自体验一番。"说完，便如此这般俯在黄庭坚耳边低语了一番。

回到县衙，黄庭坚还在回味张衙役说的"三妙堂"的故事。

余干自古有"文化甲江南"之誉，不少文人墨客曾在此咏诗作赋，一些风味名菜，曾使过往客人留连忘返。

谷雨这一天下午，衙中无事，黄庭坚叫上张衙吏，两人换上便服，慢慢朝"三妙堂"走去。途中黄交待张，切不可暴露身份，也不可多说，一切听黄的眼色行事。张点头称是。

"三妙堂"位于烟波亭旁边。有六级台阶，黄拾级而上，门楣有一匾额，用整块木板雕刻"三妙堂"，黑底金字，字体与门外幌子一样。门两边有一对联："此为牧童遥指处，何必再寻杏花村。"黄庭坚心想，这对联寓意尚可，但对仗尚疑，不禁哑然一笑。

刚入大门，便听见一声高喊："客官来了——请！"一店小二把肩上白毛巾一抖，做出请的样子。

张衙吏对店小二耳语一番，店小二便喊："客官楼上请！"便引两位登上楼来，选一临窗坐下，店小二便张罗茶水去了。

黄庭坚没有立即坐下，他站在窗边，凭栏远望。窗外市湖浮光跃金，几只小船在撒网、收网。曲堤垂柳袅袅，几只燕子忽高忽低在微风中舞曳……

"客官，茶水来了！"店小二放下茶壶、茶杯，麻利地沏上茶水，边抹桌子边问："请问客官要点什么菜，我这店里有些有名的菜，如浸菜炆肉、芽头炒腌菜、乌鱼煮白萝卜、枫树辣椒炒肉，还有银鱼泡蛋……"

黄庭坚示意他不必再报菜名，坐下后，笑着对店小二说："你也不必介绍了。我自带菜来，只是烦请店老板帮我加工一下。我们只有两个人，菜也不要多，你帮我们搞一个三菜一汤吧。"说完，又笑着从袖里掏出一个鸡蛋来，递给店小二。

这店小二双手接过鸡蛋，左看右看，还掂了几下，确信是一个真鸡蛋便说："客官，这……"

黄庭坚说："你不必多虑，告诉店主，我们会耐心等待。"

店小二握着鸡蛋，轻手轻脚地下楼去了。

黄庭坚坐下，端上茶杯，轻轻一闻，一股清香，沁人心脾，再看茶杯，茶汤浅黄，几片嫩叶轻浮其中。黄想，这茶是清明后采的茶，茶叶尚可，只是炒的工艺似乎有点欠缺。

张衙吏记住了黄庭坚的话，并不多言，只是默默地呷着茶水，嗑着瑞洪凉山瓜子。黄庭坚对张衙吏说："你以后要记住呀，吃饭之前，喝点茶水可以，漱漱口，但万不可嗑瓜子，吃零食，那样会搞乱了口味，不能品尝到菜的真正味道，如果这样，岂不冤枉了一顿美食？"

张衙吏的脸一下子便涨红了，赶忙停了下来，说，我记得了！

楼上只有三张桌子，都靠窗，一张桌子在拐弯处。另一个拐弯处有一间小房，紧闭着。

今天也是奇怪，往日店里热热闹闹，今日倒有点冷冷静静。

黄庭坚望着窗外。他心想，今天是谷雨，本来也算是文人的日子，如果邀几个文人，去田边，湖边看看春色，即兴吟唱几首诗，也是很快活的。可现在，贬居这余干，昔日几位同窗同僚，不知在何处赋诗作画……

"你平时除了公役，还做些什么？"黄庭坚轻描淡写地问张衙吏。

"偶尔也看看书，写写字，但总是静不下心来。"张衙吏说。

"这都是好事啊！你还年轻，耐不住寂寞，自然难得静下心来。反正这菜也一时半刻上不来，平时你跟着我的时候多，我看你也很机灵，为人也厚道。今天我们难得这样清闲，聊聊天也很好啊。"

"愿听主簿教诲！"

"这不是什么教诲，权当人生经验。古人为什么那么聪明，得益于他们对万事万物的感悟，达到物我一体，物我两忘的境界。比如说这茶叶，茶树本来长生在深山老林、乱石丛中，依竹林，多向阳。可余干少山多田，茶叶多种在田头地埂，春夏秋皆可摘，但以谷雨前三天为最好，为什么？因为茶叶是一个很灵验的东西，不能择地，但可择时，春天来了，气候转暖，它便将冬季积蓄的精华一下子释放出来，这时的茶叶，叶肥壮实，通过杀青、细炒，便是有名的'谷雨先'摩青，此茶还记录于陆羽的《茶经》呢。所以东山岭有陆羽煮这种茶的地方，这是余干人的骄傲啊……"

正说着说着，只听一阵上楼声，伴随着店小二的喊叫："客官，菜来了——"

店小二将托盘轻轻放下，将托盘里的一只盘子轻轻端起，放到桌子中间，又将两副碗筷，两只酒盅放下，便问："请问客官，要什么酒水助兴？"

"今天难得尽兴，你店里有自酿的酒么？"

"有，是店主请一个有名的酒师傅酿的，自取名为东山大曲。"

"好，你给我们来两碗'东山大曲'吧！"

"好嘞！"说完，小二就要离开。

"慢着。你还没有报菜名呢，请问，这是道什么菜？"

"客官，这菜取一句唐诗，就叫'两个黄鹂鸣翠柳'啊。"

"两个黄鹂鸣翠柳？"

"是啊，客官你看，这是新长成的藜蒿，去掉了叶子，留下了梗子，然后配上了几根嫩韭菜，两个黄鹂其实是蛋黄，一公一母，一大一小，一上一下，栖在韭菜也就是柳条之上啊。"

"啊，原来如此！"黄庭坚这才恍然大悟。

酒上来了，张衙吏赶忙给黄庭坚斟上一怀，黄庭坚喝了一口，正想动筷，可又不忍心打搅了那两只"黄鹂"，它们正在叽叽喳喳，喃喃自语，或是在打情骂俏吧。

"这酒怎样，主簿？"

"这酒起码放了五年之久，已驯服它的烈性，只留下绵厚之味，好酒！好酒啊！"

两人光顾着喝酒，只是不敢动筷子。

这时，店小二又端上了一盘菜，高声叫道："一行白鹭上青天。"

黄庭坚一看，一只浅青色的盘子，盘子里有一层绿叶子垫着，一行白色的小鸟排着"人"字形。

店小二说："客官，这荷叶是刚从藕塘里摘的。这荷叶有讲究，必须要昨天才露出水面，并且刚平摊在水面上的。如过了两天，荷叶梗硬了，便顶出水面，荷叶就会弯起来，不能平铺在盘子上。对了，这白鹭其实是蛋白做的，你先尝尝，咸淡不知如何？"

黄庭坚轻轻挟起一只白鹭，送入口中，润滑细糯，入口即化，咸淡适中。他问："这是怎么做的呢？"

店小二说："客官请恕罪，我也并不知详情。"他说完便退下了。

黄庭坚想，这两道菜，看起来难做，其实也符合了造化，如果不是春季，没有藜蒿和荷叶，又该怎么做呢？黄庭坚轻轻地摇了摇头。

正想着，店小二又高声叫喊："窗含西岭千秋雪，来了——"

端上桌来，一只纯白色的盘子，盘子里一层白毛毛、白绒绒的东西铺着，盘子中间偏左，倒扣着半只蛋壳，蛋壳上有一层白雪。

"这蛋壳上，即岭上的白色东西是蛋白吧？"黄庭坚问。

"客官，你真有眼力，正是蛋白。"

"那请问这盘子铺的是什么东西做的？"

"这是米粉做的，用的是糯米粉，上年的最好。至于怎么做，只有我的师母知道。"说完，店小二又轻轻地退下了。

黄庭坚想到这店里取名"三妙堂"，倒真也名符其实，但面对这三道菜，黄还是不忍心下箸，他想等第四套菜，对了，汤上来了，再作细论。

"门泊东吴万里船，来了！"

一只船状瓷盆，上得桌来，半只蛋壳在汤中乘风破浪，汤里几只乌眼银鱼尾随其后，汤底有几栋小草在摇曳着……

黄庭坚看着，心里一动，他拿起筷子，轻轻地托起小船，又轻轻地放在左手心，翻倒，不错，是那只鸡蛋！他又轻轻地将西岭上的白雪轻轻地拨开，不错，还是那只鸡蛋！

原来，黄庭坚来的时候，在鸡蛋的两个尖头部位用刻刀划了痕迹，做了记号的。

黄庭坚叹了一口气，道："想不到世上还有这样的高人！"他又转向店小二，说，"如果方便，能否通报店主，在下实想见上店主一面，也算不枉此行？"

店小二说："这个可以吧，容我下去通报。请客官稍等。"说完他便咚咚地下楼去了。

过了片刻，只听见楼梯轻轻响起，一会儿，店主上得楼来。

只见他，身材瘦长，双目有神。黄庭坚拱手道："有劳店主，今日相见，幸会！幸会！"

舒自生也拱手还礼，他笑着说："在下如果没有猜错的话，客官应是刚到任不久的山谷道人？"

黄庭坚道："正是鲁直，敢问店主如何知晓？"

舒店主先请黄坐下，自己也坐下，说："黄进士进门后，店小二便告诉了我你的神态模样，说气度轩宇，但眉宇之间似有一点愁怨。县衙大小官吏都曾来过小店，只是你面生。后客官吩咐用你自己带来的一个鸡蛋做菜，并指定要三菜一汤。我就揣摸你的身份，果然叫我猜中了。这真是心有灵犀啊！"

黄庭坚说："佩服！佩服你的手艺，更佩服你的智力！"

舒店主说："实不敢当！惭愧！惭愧！手艺只是糊口小技罢了，不值一提。"

"你看这菜，我都没有动过，实在是不忍心破坏了它，更主要的是想当面讨教。"

"讨教谈不上，权当卖弄而已！"

"此话不妥，能做出如此精美的菜来，非一日这功啊！"

"那倒也是。说来话长，不敢让黄进士笑话。"舒店主挑了二根韭菜，嚼了几口，轻轻咽下，又轻轻点了点头。

"其实，做菜做饭很简单。菜分四季，谷分五类，依时依类制作，稍为用心，便成佳肴。"

"此话怎讲？"

"道理很简单。比如这'两只黄鹂鸣翠柳'，'黄鹂'好做，但'翠柳'怎么做才好呢？其实，我开始想用蒗菜的上半节，但它有节且太粗，不像柳条。又想用新生的红薯藤做，但又觉不妥，考虑来考虑去，最终想到用新长的藜蒿才好，因为藜蒿有一股淡淡的青香味，再配以鲜嫩的小韭菜，正好可以配味，这菜的搭配，也有一定道理。"

"这道菜确实费了心思，请问'窗含西岭千秋雪'，如何制得？"

"这道'西岭雪'的确差点难到了我。因为只有一个鸡蛋，只能用半个鸡蛋壳做'西岭'，另外半个还准备做'万里船'呢。'千秋雪'的意境，雪要大，要厚，怎么表现呢？我想了个办法，这也是第一次使用。

我用糯米粉搅成浆，烧好一锅水，将薄瓷盘放入开水中，稍后，将糯米浆倒入瓷盘中，片刻工夫，待糯米浆刚凝结熟了，便快速提起瓷盘，将米皮揭下，铺在盘中。另将白芝麻与少许盐捣碎，将粉末撒在其上，这样既增加了雪的厚度，又有点得味。菜嘛，不是拿来看的，而主要是用来吃的。"

黄庭坚说："你这样一说，我才完全明白了。"

舒店主说："不敢在进士面前卖弄，实不相瞒，炒菜做饭其实是做人。"

"这又何解？"

"我自小蒙先生教诲，启蒙识字，断句作文，深感其妙趣，仓颉造字，鬼神泣，天谷雨，应该是真实的。比如说这'食'字吧，从人从良，意为'良人'也。做大师傅的人，应是有良心的人，不可以次充好，更也不可见利忘义啊。"

"真是高见！"

"这都是古人的启示、暗示，'民以食为天'，我理解的是，人总要吃东西，这是'天道'；做厨倌的人，必须遵守相关规定，这是'天理'，如违'天理'，必遭'天诛'。所以我一直都是这样做的，众口虽难调，也要保证让各位吃得放心，喝得安心。故各位的赞誉，我也权当警示和警醒。"

"不愧是知书达理之人。怪不得当年秦始皇帝在此置县，历代余干名人义士辈出，想到你刚才的一番话，自有道理。"

正在这时，店小二上了一盆菜来，热气腾腾，香气扑鼻。店主道："我斗胆考验一下黄进士大人，请问这是什么菜？原料是芋头和鲇鱼。"

黄说："刚才你家小二已报了菜名，叫什么鲇鱼煮芋头！"

"这是道余干的名菜。我这店，平时人也多，习惯菜名先行报上。但我有时想，饭店也是众聚之地，也相当于一个私塾，只不过来此吃饭的人，多为常人、成人，所以我经常偷偷地将菜名配诗、配三十六计、配词牌名，抽空给他们讲点奇闻逸事，搏大家一笑而已，借此小技，权当教化民众吧。这套菜，如何选三十六计之一，就叫'混水摸鱼'，你看怎样？"

"怎么'混水摸鱼'呢？"

"大人不知，做这道菜，只有两样东西，芋头、鮎鱼。芋头必选鸡蛋大的子芋，太大，有渣，太小，不糯。鮎鱼要选一斤左右的，太大，肉紧，太小，不鲜。此两种东西，都有一个共同的特点，鮎鱼有黏液，芋头有粉感，搭配起来，其鲜无比。做法也有讲究，先小油煎好鱼，盛盘；再煮芋头，先用旺火，烧至水开，再将鮎鱼倒下，煮一刻钟左右，起锅盛盆。如果煮多了时间，鱼肉碎了，与芋头混为一体，就不好了，汤要半浑半浊之间才为最好。所以我就起名'混水摸鱼'。"

"这'混水摸鱼'取得好！那什么菜用了词牌名呢？"

"余干湖塘星布，号称鱼米之乡，各种水产都有，百姓对鱼的做法千奇百怪，都离不开一个鲜字。词牌名中，有很多好听好有意思的名字，比如'虞美人''临江仙''浪淘沙'，今为你特意做了一盘名菜"。说完他就叫店小二上得菜来。

只见一钵瓦盆端了上来，揭开盖子，一阵鲜香扑鼻而来。

黄庭坚一看，"这不是黄鳝么"？

"正是。黄鳝为水中人参，这个季节很多，黄鳝的做法很多，煎、蒸，配以辣椒、生姜、葱、蒜等。"

"这道黄鳝菜取了什么词牌名"？

"我取为'水龙吟'。黄鳝似蛇，蛇也称小龙。做法是，取食指大小黄鳝，清水养三四天，使其内脏物吐纳干净。用时用剪刀剖开，清除内脏，千万记住一点，此时万不可再下水清洗！下油锅煎片刻，待其半熟，用砂锅盛入，放入姜、蒜，选两块腊猪肉放下，焖煮片刻即可。"

黄庭坚说："做法倒也讲究。"

"是的。有两点须记住，一是黄鳝剖开后不能再下水，洗净血液，即除去鲜味；二是放点腊肉可去腥味。黄鳝剪断、整条皆可。"

"想不到你竟有这样的心思！"

"古人说，'食者，性也'，应该这样理解，喜欢做吃的人和喜欢吃的人一定是至情至性之人。百姓人家把普通菜做得很可口，很人味，很下酒下饭，是生活技巧，不也是生活之趣么？"

黄庭坚点头称是。心想，自己被贬到这穷乡恶水，竟遇见如此高人，如此美味！人生不也如此，无论身处何境，如果能始终做到追风长啸，倚水清歌，"我心匪石，不可转也"。自如有度，至情至理，像老师苏东坡一样，不也可以享受到别人不能经历的生活乐趣么？

舒见黄庭坚沉默不语，自责自己口出狂言，引得黄不高兴了，便轻轻地说："刚才不才多言了，你别见笑！"

黄说："古人有言，共君一席话，胜读十年书。今日听君一言，何止胜读十年书也！不知有无笔墨？"

舒说："有，黄主簿这边请！"便开得拐弯处一扇小门。

黄进门一看，但见别有洞天：有一长桌，上有文房四宝；桌后有一书架，几摞线装书籍摆得整齐。桌右上方有一小窗，窗台有一盆兰花，开了三朵小花。

黄说："真是雅室！"

舒忙着研墨，答道："在下空余便躲在这里舞文弄墨，假充斯文，打发时光。"

研好墨，舒自书架底下，拿出一卷纸来，挑了一张铺在书桌上。

黄走近一看，一摸，想不到这是连四纸，洁白如玉，纸质柔韧。

舒说："这纸是我托熟人从铅山买来的，平时舍不得用。今天正好可以派上用场，只是笔墨不是上品，请黄主簿留下墨宝吧！"

黄来到桌边，在笔洗里洗了洗毛笔，挤干，醮了醮墨，在砚台上边轻轻批了批，又醮了醮墨，又批了批毛笔，如此再三。他拿着笔，沉思了一番，便醮饱墨，一口写下："市湖空藏月，东山深锁烟。"这是黄将他参加省试的答卷"渭水空藏月，傅岩深锁烟"之句稍改而成，倒也自然天成。

书法侧险取势，纵横奇倔。舒一看便赞道："先生不愧苏大学士门下，此书真乃神品也。"黄搁下笔，笑道："过誉。写字其实和炒菜做饭一样，有悟性、有灵性、有真情便可。天色不早了，送你这副拙笔，权充饭资。多有讨扰，在下告辞了。"说完拱手作揖，轻步下楼。在门口与舒揖手作别再三，便同张衙吏慢步走回衙门去了。

夜色已深，微风习习。

黄后调汝州叶县（今河南叶县）县尉。

这是他在余干留下的一段故事。

（2018 年 5 月 19 日《景德镇日报·乐平新闻》）

凡人小事

题 记:

　　"凡人小事"记录的是乐平普通人的普通故事。原来打算写满100个这样的人，这样的故事。调离报社后便身不由己了，终成憾事。但我一直在用眼、用心在赞赏他们、记录他们……

一家有特色的书屋

地处新北大道和县新华书店门当户对的三心书屋，以它独有的经营方式和服务宗旨越来越吸引读者，成为文学爱好者的一块芳草地，为精神文明建设做出了可喜的成绩。

三心书屋原经营者有三人，故名"三心"。由于经营无方，管理不当，不到两年，便亏本几千元。在三心书屋面临关闭换牌的情况下，成荫租赁了这间书屋，成为三心书屋的第二代主人。

成荫认为，经营书屋不能和开饭馆、卖服装那样，只图赚钱，一定要把社会效益放在首位，办出自己的特色。他对那些没有正式书号的，或色情、武斗之类的非法书刊坚决不买不卖。有些书贩来推销黄书，都遭到成荫的严正拒绝。在全县整顿文化市场、扫除黄毒的斗争中，这个书屋没有查出一本违禁的书，成为让读者放心的书屋。

为了方便、吸引广大顾客，三心书屋坚持早开门晚关门，使早上出来吃早点的人也有空逛逛书屋，晚上出来散步者也能看看书摊。这个书屋还免费为读者代购书籍，已有 14 人通过三心书屋的联系，买到了称心的书籍。

办书屋，由于购书资金数额大，图书又容易积压，所以资金周转时间长，经营不善便会亏本。成荫吸取以前屋主的教训，在提高服务质量的同时，采取"以书养店"的办法。办法规定，凡三心书屋出售的书籍都可租阅；已租阅的书籍可减价出售；凡本县教师或在市级以上报刊发表纯文艺作品者，在租书时一律半价优惠。这些购租两便的方法，极大地方便了广大读者，使 20 多位教师和 200 多名读者成为这个书屋的长期读者。这办法使死书变成了活书，书屋变成了小型的图书馆，所收租金也正好弥补了单纯卖书的亏损。

曾在全国性报刊征文中获奖的成荫，还以书屋为中心，吸引了许多社会青年和文学爱好者。他们不定期在一起切磋写作技巧，评论文学作品，既是热心读者，又是三心书屋的关心者。他们从城乡各地带来读者的愿望和信息，使书屋能较快地购进一批批适合广大读者的畅销书，成为读者称心的书屋。

　　读书已不仅仅是为了消遣。言情书热过后，武打风吹过后，很多人转向选择有实用价值的书。三心书屋的主人除经常和大书店及出版部门联系外，还想方设法从亲友那里借来中外名著、名人传记、种植养殖技术、军事知识、医学等方面的书籍充实书架，满足读者的需要。

　　三心书屋正好夹在两家饭馆的中间。成荫常说："人们在吃饱喝足后一定会要一点精神食粮的。"因此，他对把书屋办成一个文化中心充满着信心。

（1990 年 6 月 23 日《乐平报》）

一位大龄民办教师

——记众埠优秀班主任吴柳英

1972年3月，还是扎着两根大辫子的吴柳英第一次登上讲台，台下几十双眼睛直盯着她。她心里不免一阵惊慌。不过，从那时起，她就坚信：讲台就是她最好的人生位置。

她什么也不会。她什么都想快点学会。不会写粉笔字，下课后，她关起教室门在黑板上一笔一画地练；不会备课，她就借其他教师的备课本看；讲台上她是老师，下了讲台，她又坐在别的教室后面当小学生……

也许是女性的温柔，也许是魅力，她从不打骂学生，学生也从不惹事生非，学生有什么事都爱找她们的老师。去年9月的一天，韩家村的程细妹找到吴柳英说，不来读书了，家里没钱。吴柳英吃过中饭，冒着烈日，步行4里多路来到程细妹家家访，用自己的工资为她先垫上学杂费，使程细妹的妈妈深受感动。1987年以来，吴柳英班上的巩固率都是100%，从未有一个流生。

吴柳英的丈夫是个汽车司机，天天早出晚归，两个小孩已上了中学，家里的一切全靠她一个人料理。对此，她丈夫也颇有意见，说："回家算了，当什么民办教师。"吴柳英总是笑着说："我对当教师有感情，管他民办不民办，是老师就够了。"她将整个身心都扑到了教育事业上，每月工资不过60元，竟拿了二十年。

1989年，吴柳英被评为县优秀教师。1990年，她被评为景德镇市优秀班主任。

（1991年5月4日《乐平报》）

路在脚下闪光

——记省"十佳养路工"、共产党员何水根

清晨，朝霞映晖，旭日东升。乐（平）上（饶）公路梅岩路段，走着一位手拿着扫帚，背着锄头、铁锹的中年汉子，只见他不时停下来，扫掉路上的脏物，填平路面的坑洼，锄去路沟的杂草……

夜晚，清风悠悠，星空灿烂。高家集市喧哗尽逝，而一位中年汉子却忙碌不已，认真清扫地上的纸屑、瓜皮、果壳、烂菜……

这位中年汉子，就是省"十佳养路工"、县优秀共产党员、梅岩养路队的养路工——何水根。

勤勤恳恳扫马路

1959 年，20 岁的何水根踏上了他的漫漫风雨路——在临港养路队当了一名养路工。31 年来，他先后到过吾口、官庄、临港、镇桥养路队。1974 年，他来到了梅岩养路队。无论在哪里，他都是以路为家，同路作伴，迎着风沙、暴雨，冒着烈日、严寒，像铺路石一样，默默地用汗水和热血铺着一条闪光的人生之路。

养路是一项十分艰苦的工作。春到排积水，夏来治翻浆，秋至修水毁，冬则备沙石。何水根是哪里最辛苦，他就出现在哪里。

夏日炎炎，柏油路面晒得发腻，汽车轮常常会将路面掀下一块来。何水根几乎包下了一般人一听就怕的熬柏油的工作，添柴加火，搅拌翻动。寒风冽冽，行道树需要刷白、剪枝，一般这个工作在别的队往往是请几个临时工干的，而何水根却几乎包了下来，提桶刷白，爬树修剪。

1982 年，古田路段由于地势低、线形弯曲，段里本想把这段路垫高改直，就没铺柏油路面。何水根就主动要求承包这段路的养护工作。天晴一

身灰，下雨满身泥。越是天气不好，他越是四处巡路，查险情，何水根在这路段一干就是 5 年，直到 1987 年这段路铺上了柏油，才放心地离开了。

"哪里有路，我就养到哪里，护到哪里。"何水根总是这样想。对养路工来说，出门搭辆便车有时很方便，而他到县里开会，却从没搭过便车，也从没坐过客车。他总是骑着那辆破旧的自行车，往返 100 多里。有人说："你省钱干啥，反正是公家报销的。"他却说："公家的钱能省就省几个，再说，骑自行车还可以捡捡路上的石头。"今年 7 月 28 日，他从县交通局开完党代会回来，在吾口地段看见一块农民晒谷做界线的石头，想停下车来搬开，不料迎面来了辆汽车，他一不小心摔在了地上，胸口也摔伤了。回到队里，队员们得知他捡石头摔伤了，都说他要路不要命。

1987 年，高家乡政府从高家村搬到了八面山，从乐上公路到乡政府 2 公里长的路面本来不归养路队养，何水根却主动利用休息时间捡片石、挑黄土、补坑槽、打路基。2 年多来，经过他的修补、养护，这条路由坑坑洼洼变得平整宽畅，来往行人无不对他感谢万分。

1983 年，国务院颁布了《关于加强公路政管理保障安全畅通的通知》，只读了三年书的何水根硬是请人一个字一句话地教，把通知背了下来。1985 年，他借来一面铜锣，到公路沿线的村庄宣传通知精神。从此，这面铜锣跟着何水根，敲得四村八舍都不敢在公路上晒谷晒东西、违章建房。梅岩村有户人家在路旁违章建搭了木棚做买卖，何水根一有空便拿着国务院通知，敲着铜锣去说服。这家人拗不过他的铜锣与口舌，悄悄地拆掉了木棚。

全心全意为人民

在梅岩附近等村，人们都说他修桥补路能活百岁。这不是对何水根的戏谑，而是对他的衷心祝福。

自从 20 世纪 60 年代雷锋的名字响彻全国大地起，何水根便把"雷锋"的名字铭记在心中。1972 年，他光荣地加入了中国共产党，那盆为人民服务的热情之火也烧得更红、更旺。

在驻地不远的桐林村和桂香村，住着柴桂香、张得保、万年太、王友根、方桂仙等几位老人，何水根得知他们年老体弱、又无儿无女，从此，他在上班前、下班后就为这几位老人挑水、劈柴、种菜，做这做那，坚持了15年之久。65岁的王友根总是说："我请人挑水，一包烟一缸水也没人挑。老何给我挑了这么长时间的水，烟没抽一根，饭没吃一口。叫我怎么感谢他呢？"每逢过年过节，何水根还买东西去看望他们。

在高家乡，每星期有一次集市，散场后垃圾成堆，无人清理。每次集市后，老何便带着工具，拿着手电筒来清理垃圾，常常夜深而归。大年三十晚上，万家灯火，爆竹声不断，一片吉庆的气氛。何水根却在认真地清扫村头巷尾，用双手为群众扫出了一个干干净净的新年第一天。寒来暑往，十几年过年了，何水根从未间断过。高家乡政府每年给他送来奖品和奖状，但他却把它悄悄地藏到了箱底。他说："做点好事，想留名得利，那样我就不会做了。"

梅岩村有位叫程天林的，老少六口，"双抢"时人手不够，今年夏天，何水根便在下班后帮他家割禾、打禾、挑谷、栽禾。程天林感激得一个劲儿地留他吃饭。何水根说："我是来帮忙的，又不是来吃饭的。"

去年秋夜，何水根忽然听到屋外有女人的哭声，他翻身起床来到路边询问。原来这对夫妇在古田做客时，男的多喝了几杯酒，走到梅岩醉倒了。何水根二话没说，把男的背到了家中唯一的床上休息，自己和妻子在厨房坐到天亮。

每次到段里开会，何水根就成"大忙人"。会前会后，他拿起扫帚把院子里扫得干干净净。厨房人手不够，他又到厨房洗菜洗碗。有人不让他干，说："你是来开会的，又不是来帮工的。"何水根笑着说："反正我闲着，做点事没关系。"

几十年来，从道班到公路段，从养路队到村庄，何水根走到哪里，就把热情和春风带到哪里。他多次被评为景德镇公路分局、县交通局优秀共产党员、先进工作者。今年7月，他被评为江西省"十佳养路工"。县公路段发出通知，号召全段共产党员、共青团员、干部和职工向何水根学习。

"勤勤恳恳扫马路，全心全意为人民"，这是何水根家中贴的一副自拟对联。这对联不正概括了何水根的全部人生信仰、追求和理想吗？

（1990年8月11日《乐平报》）

"这也是我可爱的故乡"

——记洪岩乡兽医站站长徐福源

在洪岩，要说谁走遍了全乡的村村户户，可能只有兽医站站长徐福源了。

1964年，19岁的徐福源从江西共大红星分校兽医专业毕业，被分到了洪岩。人生地不熟，他听不懂别人的"乐平话"，别人也听不懂他的"无锡腔"，只有"鸡""猪""牛"才是共同的语言。他背起了药箱，爬山越岭，穿村过户，当起了为鸡、猪、牛看病的"土医生"。开始，群众不大相信这个讲话"叽哩呱啦"的小伙子，但是，徐福源以一个清早阉鸡100多只而且质量高、态度好赢得了群众的信任。无锡老家为他找个对象，想让他回家。小徐结婚后便把爱人带到了洪岩。他说："这也是我可爱的故乡"。

1972年，徐福源提出"畜禽病防治技术承包措施"，其内容包括：对全乡畜禽包防疫、包阉割、包医疗、包饲养技术指导。每户一年只交几块钱，养猪、养鸡数量不限，可享受"四包"待遇。群众对这办法很感兴趣，因为他们吃够了"上年养，下年光，蚀了米，赔了糠"的苦头。这一年，洪岩乡生猪存栏数首次突破2000头，养鸡达1万多只。

为了提高广大群众养猪、养鸡水平，徐福源根据自己多年摸索的经验和当地实际，以村公所为单位，连续几年举办妇女饲养技术培训班，为妇女讲畜禽常见病及防治知识、快速养猪法、畜禽饲料配方、猪舍的科学设计等，参加培训的达1000人次，收到了很好效果。洪罗村的廖香莲参加培训后，养猪技术大大提高，她每年平均养猪9头，成为全乡有名的"养猪状元"。

兽医站仅3个人，徐福源除了负责几个村公所的畜禽病防治外，还常常背着药箱在全乡转。去年"双抢"时，吴家廖博民家的牛误食农药中毒，徐福源问讯，背起药箱连夜赶往十七八里外的吴家，由于治疗及时，救活了这头牛。像这样临时出诊的事，二十八年来，也不知有多少次。

徐福源说："畜禽病防治，重在以防为主。"今年4月初，外乡人推了一车猪仔到洪岩卖，被徐福源碰见。他摸了摸猪耳朵，看了看猪嘴猪眼睛，便说："这猪有病，不能卖，推回去!"卖猪的听他这样说，又说好话，又要下跪。徐福源硬是不肯，连夜陪他把猪仔送出了洪岩乡。由于徐福源的勤防、勤查，洪岩乡近二十年从未发生过大面积死猪瘟鸡的事件。最近几年，县农牧渔业局抽查了洪岩乡生猪病亡率，结果都是零。

而今，老徐什么都像"洪岩人"了，连老家无锡的口音也被"乐平话"同化了，但他热爱这片土地、热爱第二故乡人民的心却还是那么火热。

（1991 年 6 月 1 日《乐平报》）

炊事员的风采

——记共产党员、乐平宾馆炊事班长黄学武

在乐平宾馆，提起黄学武，无人不佩服他。

当炊事员，一年365天，天天围着锅台转，冬天火烤，夏天汽蒸，上下班也没个准时间。对此，黄学武毫无怨言。到了宾馆，他还是像在县委招待所做临时工那样勤勤恳恳；入了党，他还是像入党前那样积极肯干。

今年元宵节晚上八点多钟，两辆客车开进了乐平宾馆。客人是山东人，街上饭店都关了门，就找到了宾馆。黄学武把刚解下的围裙重新系了起来，以最快的速度为山东客人准备了两桌饭菜。山东客人好感动，说在乐平过元宵节真有意义。1982年2月的一个晚上，有四位南京客人要坐凌晨两点的火车，希望能在半夜吃点饭。当晚，黄学武坐在床上一直等到半夜起来为客人炒菜热饭。后来，这四位在南京市北辖区物资供应站工作的客人，多次托人带口信感谢黄班长。

1984年，黄学武到景德镇宾馆学习了一年红案技术，许多年轻人想学技术，黄学武都毫无保留地传授，教他们拼凉盘，教他们炒、炸、炖、蒸等烹调技术，使炊事班的技术水平提高了很多。

黄学武至今还是个国营农工，工资低，许多开饭馆的个体户想以高薪聘请黄学武去掌厨，黄学武却说："我一个月没拿多少钱，但我觉得很实在。在宾馆，我多次被评为宾馆、县、市劳模，还光荣地加入了共产党，这都是用钱买不到的！"

（1991年7月6日《乐平报》）

峂山百灵

"妈妈呀，孩儿已长大，不愿牵着你的衣襟，走过春秋冬夏……噢，妈妈，相信我，孩儿自有孩儿的报答。"当最后一句歌词从他嘴唇间轻轻流出时，当最后一个音符还在乐平剧院大厅里回响时，观众仿佛从醉醇醇的感觉中一下子惊醒过来，掌声骤然响起，它像一股热浪涌向台上的演唱者——吴全红。这位盲人歌手，此时此刻才知道，从台下到台上，距离是多么遥远，道路是多么艰难。

▲"再回首"——找到自己的世界。

命运对吴全红的玩笑开得太大了，两岁半，一场大病，吴全红双目失明。他不能和小朋友一起又说又笑蹦蹦跳跳地去上学。每天，他呆呆地坐在家门口，听门前的流水声，听鸟儿叫，听山风卷起的松涛……他觉得大自然中的一切声音都那么动听。于是，他开始模仿一切声音，开始跟着广播、收音机"卷着舌头"学普通话，"咿咿呀呀"地学唱歌。"练了几年，我自己感觉良好，朋友也说蛮像。我的心情很快活。"吴全红说。

可他妈妈不快活。她听见他唱歌心就烦，她让他去学算命。他去了仅学了四个月就学会了算命的本领。他没有下山去，他知道他是一个算命的料，但不是一个算命的人。他照例又是跟着收录机学美声唱法，学民族唱法，学吐字和纳气。"再回首，我心依旧，只有那无尽的长路伴着我。"1991年3月2日，他在全县"羊年春之歌"比赛中，一曲《再回首》，获比赛二等奖。他，终于找到了属于自己的世界。

▲"我唱歌，离不开党和政府的关怀和亲友的伴奏。"

"党啊，党啊，亲爱的党啊，你就像妈妈一样，把我培养大。""这首《党啊，亲爱的妈妈》是我最喜欢唱的一首歌。"吴全红他7岁时，父亲便去世了，党和政府根据他家的实际困难，每月给他家一定的补贴。洪岩乡

凡人小事

领导也很器重这个山区的"百灵"，经常给他多方面的关怀。今年"羊年春之歌"比赛，他得知消息太晚了，他的好友带他赶到县里，预赛都结束了。乐平宾馆领导找人说情，一位县领导得知这情况后，说："小吴从乡下赶来，不容易，就让他直接参加比赛吧。"这样，他就顺利地登台演唱了。

从峁山下来，山路弯弯，平常人都不愿走。可是吴全红要下山，张新远等就会来扶他。要是有什么好磁带，好歌曲，朱柳英会从县城跑到峁山告诉他。像这样的好朋友，吴全红的身边还有很多。吴全红的四个哥哥对他非常好，他的小哥还在当兵时，省吃俭用，为他买了一台收音机。

尽管吴全红会算命、会做木凳、会削竹筷、会劈笔帚，但从吴全红认准了唱歌后，他妈妈就再也不赶他出去算命了。她说："他本来也够可怜的，他快活我也就高兴。"1991 年 5 月 11 日晚，在全县"颂祖国爱母亲"晚会上，他唱了一首献给妈妈的的歌《烛光里的妈妈》。由于他吐字清楚，音色圆润，感情真挚、丰富，赢得了全场观众的热烈掌声，获得了比赛二等奖。

▲冲出鸟笼，才明白翅膀的真正作用。

一位乐平音乐界名人听了吴全红唱的歌后说："小吴唱歌完完全全是用心唱的。他不满足于模仿，有些地方的创新体现了他不屈的进取精神。"吴全红并不满足于目前的成绩。他说："外面的世界很精彩，我很想到外面去闯一闯。但我知道，我目前的水平还很差。不过，我相信，经过自己的努力和大家的帮助，我会成功的。"

是的，吴全红，这个峁山百灵，他的歌喉会更加甜润，他的翅膀一定会更加强健。

（1991 年 11 月 2 日《景德镇日报》）

护粮兵

——记中堡粮库保管员许海林

3月5日，县粮食局先代会上，一位衣着朴素的中年人在介绍自己的护粮事迹。他那朴实的语言和突出的成绩，引起大家的阵阵赞叹。这位中年人就是乐河镇中堡粮食仓库保管员许海林。

也许是农民出身，他深知粮食来之不易；也许是当过兵，他养成事办不好就吃不香、睡不稳的犟脾气。

粮食入库时，许海林总是主动为送粮农民搭肩扛包、翻晒整理。1990年夏粮入库时，他为农民翻晒潮粮5000多公斤。他总是说，组织上把容量为125万公斤的两座仓库交给我，是信任我，就应该按质收粮，为农民排忧解难。

夏粮入库时，进仓的粮温度高，粮堆中的热量不易散发，晚上，许海林就搬张竹床，睡在仓库边，守着开门开窗，通风降温。到下半夜有露水时，他又起来关门窗，防止湿气进入仓库。他伴星星伴月亮度过了十几个夏夜。

许海林担任保管工作，不管是寒冬腊月，还是酷暑热天，都坚持赤脚踢粮面，这样便于发现高温点，以便及时采取防范措施。十几年来，他的脚趾踢掉了一层又一层皮，已结出了厚厚的老茧。

1990年7月，正值酷暑季节，中堡粮站一仓库整修，许海林一个人在里面一待就是三天，衣服干了又湿，湿了又干。他这里敲敲，那里听听，终于在库底发现两块断砖接头处有一个小洞。他及时堵塞了小洞，消除了隐患。

许海林是本地人，每到收粮时，不少亲戚朋友想找他开后门。但他从未讲过一次情。亲戚朋友说他六亲不认，爱人骂他是"死脑筋"。但他总

凡人小事

91

是牢牢把握收粮标准，从不含糊。

许海林 1976 年参加工作，一直担任粮食保管工作。十几年来，他所保管的两座仓库年年被评为"四无"粮仓，保管过的几千万斤粮食从未发生任何储粮事故。他自己也连年被评为县粮食局先进个人。

（1991 年 3 月 30 日《乐平报》）

人民安定我幸福

——记临港乡司法助理员盛相邦

11月20日，乐平县社会治安综合治理总体战线好人好事表彰会上，佩戴红花、手持"奋勇追捕罪犯，维护社会安定"鲜红锦旗的盛相邦格外激动。这锦旗记载着他的一片忠诚，一腔热情。

三年前，临港乡党委把睦乐村公所党支部书记盛相邦调任乡司法助理员兼乡政法办副主任。一些亲朋好友都说："搞政法工作是非多，费力不讨好，哪有当书记好，既自在又划得来。"盛相邦回答说："不管是是非多还是不讨好，我都要尽心尽责做好工作。人民安定我才感到幸福。"

1991年11月12日，临港乡李家村和港边村因2分田的归属问题发生争执，两村准备大打一场。15日，外出办案归来的盛相邦一听此事，来不及回家放下行李，就风尘仆仆朝李家村赶去。尽管他在村口被放哨的村民打了两巴掌，他还是进了村。当他了解事情的原委后，马上请来两村友好的邻村干部和有威望的老人做说服劝解工作，很快缓和了两村的紧张气氛。接着，他趁热打铁，将两村干部和骨干请到乡政府，给他们讲法律，讲械斗的危害性，又一个个谈心，引导他们正确处理集体、个人和邻村关系。精诚所至，金石为开。经过调解，双方村干部都认识到了错误，接受乡政府的调解协议，两村化干戈为玉帛，重归于好。

3年来，盛相邦亲手调解的民事纠纷达190多件，防止民事转刑事案件17起，避免非正常死亡23人次，挽回或减少经济损失10.8万余元。他连续3年被评为县司法行政系统先进工作者，今年年初又荣获景德镇市司法行政系统先进个人。

1992年8月，盛相邦接到群众举报，乐上公路古田段有一伙不法分子经常拦车抢劫。他白天深入群众明查暗访，晚上和乡政法办同志在公路上巡逻。功夫不负有心人。9月3日晚，他们一举抓获了抢劫犯罪分子9名，破获了拦车抢劫犯罪团伙。为此，县委、县政府和公安机关通报全县给予表彰。

社会治安综合治理总体战开展后，盛相邦感到身上的担子更重了，他既是乡专案组领导，又是宣传组副组长。临港乡举办违法犯罪分子学习班，他每期必到，运用生动事例，结合本地实际，讲《宪法》《刑法》《社会治安管理条例》，使59名参加学习班的违法犯罪分子深受教育。一个月来，他亲自参加了15起民事纠纷调解，使纠纷双方心平气和地达成了协议。在调解古溪村的范长生和戴美清婚姻纠纷时，盛相邦反反复复做男女双方的思想工作，女方终于答应赔偿男方3236元，使这场官司得到圆满的解决。

（1992年12月26日《乐平报》）

书记市长出"考题"

11 月 12 日下午 3 时许，乐平宾馆二楼会议室。

"第一道题：我市发展'三高'农业的潜力何在？今后应在哪些方面有所突破？请高级农艺师丁志仁和农委、农业局的同志解答。"

"第二道题：怎样加快我市乡镇企业发展步伐？请政研室和乡镇企业局的同志解答。"

这是乐平市六套班子成员和有关部门负责人的"考题"。

7 日至 9 日召开的全省地市县委书记、专员市县长会议刚结束，乐平市委就召开了书记碰头会，就如何认真贯彻会议精神进行了研究，并从如何强化农业的基础地位，加快农业、乡镇企业发展，促进农村经济上一个新台阶等方面拟定了 14 道论题。大家认为，只有抓住了"三高"农业和乡镇企业两个根本点，才能加快农村社会主义市场经济的发展步伐，要用新思路寻找新的突破点，实现新的飞跃。

市长王光秋说："今天出的这 14 道论题，目的在于认清我市农村工作和经济工作的现状，认真探讨发展的新方法、新路子。"

"从明天开始，我们都分头下去作调查研究。"市委书记胡应良接着说："这些论题，在座的人人都有，分管的领导要结合自己的工作认真进行调查研究。"

5 时许，与会者沐浴着金色的晚霞离开会场。明天，他们将迎着朝阳到实践中去寻求满意的"答卷"。

（1993 年 11 月 28 日《江西日报》）

凡人小事

95

鏖战古石坝

7月26日上午10时许，乐平市众埠镇古石坝工地。

"各民兵营做好准备，开始堵口！"随着总指挥李昌华一声令下，众埠镇大田岗、洗马村20多个民兵先后跳进齐腰深的激流里，在宽7米的决口处面对面站成两排。紧接着，决口两边早已准备好的近千只沙包迅速推下。20分钟后，曹溪河被拦腰截断，河水开始乖乖地顺着古渠道向着众埠干涸的田地流去。

古石坝位于乐平市、弋阳县交界处，至今有500多年历史。这古老的水利工程，横拦曹溪，引水自流灌溉众埠镇6000多亩田地。今年6月3日特大洪水时，古石坝副坝被冲毁80多米。洪灾过后，众埠镇组织群众在曹溪河上另筑一条临时拦河坝。由于河水压力过大，拦河坝先后三次溃口。

"双抢"用水如救火。7月25日，众埠镇紧急动员全镇30个村的600多名民兵和镇机关干部开往古石坝工地，联合作战。市防汛抗旱指挥部派出水利技术人员现场指导，并将3万多条包装袋及时送往工地。

7月26日上午，众埠界首村民兵营主动承担了堵口打桩任务。按照预定方案，10时许，决口被迅速堵住。晚上8时许，临时泄水口又被堵住。曹溪河停止了喧哗，一条长120多米、宽8米、高4米的临时大坝锁住了曹溪河。民兵们纷纷跳进河中，互相嬉戏。天上的星星也在望着他们微笑。

（1995年8月4日《景德镇日报》）

西游·小记

前　言

应法国教育中心等国家教育机构的邀请，为开展教育比较研究，促进教育国际合作，由中央党校教育战略与管理研修班管理办公室和北京环太平洋教育发展研究中心联合组织的中共中央党校教育战略与管理研修班部分学员共 13 人，于 2004 年 11 月 4 日—11 月 18 日，前往西欧九国（俄罗斯、德国、奥地利、意大利、梵蒂冈、法国、卢森堡、比利时、荷兰）进行了教育考察。俄罗斯只是路过，仅在新西北利亚加了油，在圣彼得堡过了一夜而已。

走出国门，特别是到了西欧等发达国家，当了一回"外国人"，所见所闻，耳目一新，感触颇多。现将途中所写日记，稍加整理，编成小文，博家人和朋友茶余饭后一笑。

乐平同游者，原乐平三中校长胡树林先生。文中所引其言，皆简称"胡说"。

因去西欧，小文故名"西游小记"。

（2005 年春）

维也纳之夜

维也纳是世界的音乐之都，诞生过许多音乐家，如莫扎特、舒伯特、斯特劳斯等。音乐巨人贝多芬也逝于维也纳。每年的新年音乐会都在奥地利的维也纳金色大厅举行，并向全世界直播。美妙的音乐，使世界人民都经历了音乐新年的洗礼。

从萨尔斯堡到维也纳的路上，我和胡便极力建议到维也纳听一场音乐会，团长也同意。导游在中午吃饭时便为我们订好了票。

下午，我们参观了英雄广场、市中心公园。路过金色大厅时，导游热情地向我们介绍。房子很小，在维也纳大街边，并不十分醒目，只是房子整体是金黄色的。可我们仿佛听到了从门缝渗透出来的音乐。

吃过晚饭，我们便在维也纳酒店（中国餐馆）拿到了票，每张49欧元，8时开始。因为吃饭晚了，途中又有红灯，我心里很着急。胡说，如果迟到了，那就进不了场，要等休息时间方可进去。

还差三分钟，我们下了车。胡说，快跑！我们就跑进了大厅。

服务生领我们进去。胡先上了楼。我欲进去，服务员微笑着指了指我的风衣。我明白了，进入音乐厅是不能穿外套的。

我到了存衣处，服务生看我是外国人，便微笑着指了指柜台上的纸片，我一看，明白了，忙交了一欧元，领了存衣卡片，快步上了楼。

二楼的服务生领我到了座位上。正好是第二排的中间，我一看表，啊！刚好8点。

场内静极了。我四周一看，也只有我们9个人是外国人，坐在我前面的一位老头，友好地转过头来，朝我点了点头。

突然会场鼓起掌来，我也跟着鼓掌，原来是演奏人员上台了。

我们跟着热情地鼓掌，演奏人员全部站立，面朝观众，面含微笑，点头致谢后，才坐下了，我们才也跟着停止了鼓掌。

又是突然地鼓掌，演奏人员全部起立，跟着鼓掌，我们也跟着鼓掌，原来是欢迎首席小提琴手上台。

首席小提琴手上台后，面朝观众，鞠躬致意，又转身暗示全体演奏人员坐下。

稍微停了几秒钟，优扬的琴声响了起来，紧接着，钢琴、中提琴、大提琴、笛子、长号、架子鼓齐响了起来，音乐大厅顿时每一个角落都弥漫着轻快的音乐。

演奏的是熟悉的名曲，虽有节目单，但我们看不懂奥地利文字。所以不懂是莫扎特的《G大调节三小提琴协奏曲》，还是舒伯特的《美丽的磨坊女》，但斯特劳斯的《美丽的蓝色多瑙河》我仿佛是听懂了。

我们同去的有人在悄悄地摄像、拍照，闪了几下闪光灯，坐在我旁边的胡摄像时弄出了一点点声音，前排一对年长的夫妇回过头看了看胡，显出不高兴的样子。我们仿佛是上课做了小动作的学生，一下子被老师发现了似的，心虚极了。

我想，你们维也纳人经常来听音乐会，我们难得来，又花了代价，你们就不要苛刻了吧。

我们坐的是A座，左右两边是B、C座，音乐厅呈"凹"字型，把舞台围住。天花板上吊着五盏水晶灯，灯泡做成蜡烛状，中间一盏要大一些；天花板与四面墙壁的交汇处，精致地装饰着变化不大的线条。

演奏是很精彩的。除了我们几个外国人，其他人都很投入地欣赏。我发现右边B座的人比较少，一对夫妇或情人在认真地欣赏，那男的长得真够丑的，头发剪得都不平，黑黑的脸，五官搭配得很不好；那女的真是漂亮，长臂长腿，一身短袖白裙，黑皮鞋。她一只手放在男的腿上，另一只手放在自己的左腿上，和着演奏，轻轻地拍着节拍，皮鞋尖也静静地点着。我留心看了看那女的眼睛，可能因为是长睫毛、黑眼睑、蓝眼睛，我都疑心她是含着眼泪在听音乐。

演奏中间插着双人舞，一男一女；还有男、女高音高唱。每当那女高音在拉高音的时候，那位穿白色连衣裙的女观众便自然地张开嘴，捂着胸，无声地学看唱歌的样子。

坐在我前面一排的一对老夫妇，头发都白了（或者本来就是白的），头都随着音乐的节拍轻轻地点着。他们吃过晚饭，迎着寒风，手挽着手，踩着路上的落叶，走进音乐大厅，欣赏了一场音乐会后，又手挽着手地走回家，轻轻地哼着《蓝色多瑙河》回家，真是一种人生享受。

演奏了四首曲子，便休息了十来分钟。大厅外有啤酒、咖啡，还有一些纪念品卖，也可以抽烟，但无人高声说话。

下场又像开始演奏一样，先鼓掌欢迎演奏人员，再鼓掌欢迎首席小提琴手。

首席小提琴手是一位清瘦的中年，长得像音乐家似的。演奏完一首，全场鼓掌，他便示意全体演奏人员站起来致谢，他轻轻地用琴弦敲打自己的食指，面带微笑，微微点头致谢。接着又暗示大家坐下，演奏第二首……

他面朝的是中提琴手，是一位非常漂亮的女孩，三十来岁，棕发，笑得好甜。每当演完一首致谢的时候，她用琴弦的顶端，轻轻地敲着乐谱的上方。当最后演奏《英雄进行曲》的时候，她热情地示意我们鼓掌。到了停止的时候，将拳头举过头顶，戛然不动；然后又示意我们和着节拍鼓掌，笑得好灿烂。

首席小提琴手背后的也是小提琴手。他演奏的时候，总是撇着嘴，很吃力的样子，那样子真可笑。

大提琴手坐在中提琴手后的高凳上，一只腿抵住大提琴。他几乎一眼不眨地看着乐谱，小眼睛瞪得好大。

另一位小提琴手是一位较胖的女孩，也很年轻，她的双下巴架在小提琴上，真是一个可爱的洋娃娃。

鼓手没有系领带，如果系了领带，反而有点滑稽，因为他长了一副娃娃脸。他不笑的样子都很可笑。

弹钢琴的和吹长笛的都是女的，看不清楚脸。吹长号的是个小伙子，红脸、棕发。他鼓着腮帮子吹奏的时候，脸就更红了。

演奏结束时，我们长时间鼓掌。全体演员起身致谢。又坐下，演奏了贝多芬的《第九交响曲》后，我们又长时间地鼓掌，先欢送首席小提琴手，再欢送唱歌、跳舞的，最后欢送其他演奏人员，观众最后才一一离场。

这就是音乐会！这就是维也纳之夜！人生第一次，也可能只有一次，在音乐之都维也纳听音乐会。

水上漂——威尼斯

　　从奥地利的克拉根福进入意大利是上午八点半左右，到达威尼斯已是十一点半了。

　　我们乘坐的旅游大巴驶过威尼斯跨海大桥，停在码头上。我们要换上小游轮，上威尼斯。

　　斜雨狂风，雨伞打不开也不好撑，我们都捂着头冲进了小游轮。

　　海鸥翻飞，海浪汹涌。小游轮在颠簸中上下起伏地慢行。我和胡坐在最前面，浪头不时卷上了船头，把玻璃一遍又一遍地涂得模模糊糊，想摄像也很难。

　　慢慢地靠近了一个小岛，也算小城吧。岸边的房子仿佛在水中漂动，道路（街道）就在水中，浪头不时冲上了街道。街道也怪，没有拦杆。胡说，我的妈啊，如果喝多了酒，还不掉到海里去了？

　　好不容易小游艇靠了岸，我们十几个人连蹦带跳地上了街道。街道几乎与海面齐平。导游说，我们来得正好，刚退了潮，圣马克广场可能水不深。

　　来威尼斯之前，在电视里看见过游人挽起裤腿在圣马克广场戏水的镜头。我们今天就可以身临其境了。

　　我们迎着海风斜雨，也无法撑伞，气温也好低。沿着海边的大街，我发现了一个奇怪的现象，很多人，其中大部分穿着黄底白身的雨靴，哗哗作响地走着。更奇怪的是，全身武装的警察三五成群在路口、桥头站着，一色的帅小伙子。

　　跨过几座桥，看见了刚多拉在小河中摇过。不过今天风大，雨急，游人坐刚多拉的不多。

　　快到圣马克广场，街道中间搭了很多约 40 厘米高、1 米宽、1 米半长的平台，好多警察还在熟练地快速地搭着，平台蜿蜒向前伸去。我们沿着搭的平台桥向前慢行。

到了圣马克广场，广场南部是一座大教堂。广场四周都有浅浅的海水，中间稍高一点的地方，没有水。我和胡便从桥上跳下去，赶快拍了几张相。穿着雨靴的游客便很神气地在水中走来走去。

游人如织。平台桥上你来我往，显得很拥挤，我生怕被人挤了下去，掉进水里。所以在拐弯的地方，很小心地等着，让往回走的人先过去。如果掉到了水里，皮鞋湿了，衣服湿了，那真是成了流浪儿了。

广场三周是三层的连廊楼房，一楼全部是店面。有的店主在往外泼水，拖地板。显然是刚刚退了潮。而广场右边的店里，还浸在半尺左右的水中，有的关着门。一群鸽子不时惊起又落下，在快活地觅食。

沿着左拐右转的平台桥，我们好不容易进了圣马克教堂。教堂内也有很多地方搭了平台。我们沿着参观的路线，观赏着这座浸在水中的教堂。

听说，这个教堂是海盗建的。当时建的时候，选在这个地方，肯定有它的意义。但一定想不到这座教堂也会随着海平面的上升，慢慢会泡在水中。

同其他的教堂一样，圣马克教堂也是金碧辉煌，做工极为考究、精细。地面起伏不平，有的地方凸得好高，显然是被海水浸泡所致。几百年来，这座教堂依然屹立在海中，漂浮在水中，真是一个奇迹。尽管地面高低起伏，但用各种花色花岗岩磨成的各种图案依然十分醒目，几乎没有遭到破坏。多少年来，千踩万踏，依然如故，真是不可思议。

教堂里有几十个人在齐声朗读圣经，在祈祷。我们也在心中默默地祈祷：但愿这座教堂不会淹没，但愿这座城市不会淹没。

我们想去其他的街上逛逛，但都是水，没有平台桥，过不去。威尼斯四周都是海，市里有纵横交错的 177 条大小河道和 400 多座形式各异的桥梁，无车马之喧。我们想去坐坐刚多拉，但时间太紧，不敢去。我们只好转看广场四周，不，三周又转了一圈。

离开广场的时候，教堂的钟声响了，那钟声虽和其他教堂的钟声差不多，但我仿佛中听出了其他的含义。胡说，这好像是宣告世界的末日到来了。

我们又沿着平台桥，沿着街道往回走。风依然很大。海浪不时冲到了街上，惹得游人不时一阵惊呼和骚动。有的人干脆就站在水中嬉水、拍照。

岸边，街道边停靠了很多大小船。那刚多拉一排一排的，随着海浪一上一下地起伏、摇摆。我们也仿佛感到这个威尼斯城也在漂动，在晃动，头都有点晕乎乎的。其实，如果缩小的话，威尼斯城就像是河中的木排，漂在水上。

回途时，坐上了大游轮，比较平稳。四周望去，房子在水中，教堂在水中，随着慢慢离去，分不清海岸线，其实也没有海岸线，整个威尼斯城就在水中漂动着，晃动着……

（据资料介绍，由于海平面不断上升，地层不断下陷，威尼斯目前正以每年0.8厘米的速度下沉。也许60年后，威尼斯有可能沉浸水中。）

可爱的斜塔

　　从罗马到米兰，途中的比萨市原不在此行日程之列，在我们的强烈要求下，导游同意带我们看看比萨斜塔。我们各自付了 20 欧元。

　　刚进比萨市，便远远地看见比萨斜塔，歪歪地立在那里。我们匆匆地吃过中饭，便急着去看比萨斜塔，仿佛去迟了，它就会轰然倒掉似的。

　　一进大门，就看见了比萨斜塔的全身。这门也开得好，从大门进去一看正是斜塔最斜的位置。在旁边的端庄稳重的教堂对比之下，它真的就要快倒了。

　　在路上，我就想好了姿势要照一张相，站在地上，用双手撑住塔身，极力做出要将斜塔扶正的样子。可到了比萨广场，很多游客正在摆着这样的姿势在照相！我暗自叹息一声，和我一样聪明的人竟有这样多！

　　我还是按照我早已设计好了的姿势照了一张。又觉得不过瘾，站在花岗岩拦杆柱子上，用双手撑住塔身又照了一张。

　　我和胡走近了斜塔。塔高 8 层，圆柱形，高 54.4 米，全部由大理石砌成。据说，比萨塔 1174 年开工兴建，当做到第三层时，就开始歪了，被迫停建。过了 100 多年后，再又在原来的基础上重新做了上去，1350 年完工。

　　塔基离地面很深，面上也用花岗石铺成，为了更加突出斜塔的效果，面上也是一边高一边低。再看那门，那窗，也都是斜的。

　　今天的天气是到欧洲以来最好的，太阳高照，微风吹拂。我们绕斜塔只转了半圈，走到最斜的地方，便赶快返身，生怕它突然倒下了。旁边有一座教堂，建筑的年代不远。我用眼睛瞄了一下，如果以教堂边的柱子为准线，那塔真的斜得可怕。据说塔顶中心偏远垂线 5.2 米。那塔顶上的国旗杆看去是正的，国旗在高高飘扬，整个样子就像歪着脖子的人，却端端正正地戴着一顶帽子那样滑稽可笑！

我想，如果当时设计有问题，或者当时施工有问题，这塔也不会保存到现在。为什么隔了100多年又做上去了呢？为什么斜得这么厉害，并且历经多次大地震斜而不倒呢？真是一个谜团。开玩笑说，如果这斜塔是个豆腐渣工程，倒也真要感谢建这个塔的施工者或是管理者，由于他们的疏忽或偷工减料，为这个世界上建成了一个不可思议的可爱的斜塔。

传说1590年，意大利物理学家伽利略曾在比萨斜塔上做了著名的自由落体实验，他的实验结果和结论使物理界产生了巨大的冲击波，加上选择在这个斜而不倒的塔上做的实验，使比萨斜塔斜名远扬，引得世界各地的人蜂拥而至，来一睹斜容。今天的游客很多，有一位日本姑娘带着她的母亲来游玩。她微笑着向我们问候，我愉快地为她们在斜塔前的草坪上，以斜塔为背景合了影。

广场边有一排长长的旅游品商店，大多以售斜塔纪念品为主。意大利人也很会做生意，除了斜塔，也把茶怀、烟灰缸、牛皮笔筒等纪念品也做成了斜状的。高高的黑人也斜挎木盒子，歪着头，操着生硬的中国话："你好，打火机！""你好！手表。"向我们推销纪念品。我们也自然地学着黑人，歪着头，微笑看，模仿着生硬的中国话。再看看周围的房子和建筑，也好像都是斜的。

离开的时候，在大门口，我又回过头静静地认真地看了看比萨斜塔。我想，当我一转身的时候，这可爱的斜塔不会很快就倒了吧？

欧洲的教堂

教堂在欧洲各国、各市、各镇、各村都有，有点像我国的菩萨庙。有人居住的地方，便有一座尖顶的房子，房子大门正中上方，嵌了一座钟。那就是教堂。

去过欧洲旅行的人都说，欧洲之旅是上车睡觉，下车看教堂，言喻教堂之多之美。我们这次旅行根据安排，参观了德国的科隆大教堂（世界最高）、梵蒂冈的大教堂（世界最大）、威尼斯的圣马克大教堂（我称为世界最险的）。只是可惜得很，圣彼得堡的圣依撒大教堂和法国的巴黎圣母院只是在外面转了转。

我所参观的这些教堂，都是世界上有名的，走进每一所教堂，顿时肃然起敬，内心受到强烈的震撼。

我总是对教堂的设计、规模和建筑时间比较感兴趣。比如德国的科隆大教堂，就建了近600年，现在仍然在修缮。其设计之精巧，施工之精细，规模之宏大，建筑时间之长，无不令人不可思议。可以说，一些有名的大教堂都可与我国的万里长城媲美。

但是，当走进了教堂，听到了沉闷的钟声，看到了耶稣受难的绘画或雕像，还有那小小的烛灯发出的幽幽的灯光，内心受到的撞击就不只是这些了。

我想，每一个信徒每一次走进教堂其灵魂都会受到一次洗礼！

我最感兴趣的是那个小小的忏悔室。忏悔的人与神职人员仅靠一块黑布遮掩。你什么都可以诉说，神职人员就像心理医生，会给你心灵上的安慰。

其实，我们也有很多神圣、辉煌的寺庙。但这些寺庙都是彩旗飘飘，人声鼎沸，无清静之处，无神秘之感。毫不夸张地说，像普陀山、五台山、少林寺等名胜、古刹已经沦为观光客的陷阱，它灿烂、华丽的外表使香客变得更加虚伪和空虚。

其实，无论伟人或俗子，都需要交流，都需要忏悔，都需要让灵性在忏悔中复苏，让人性在忏悔中复现，让价值在忏悔中复位。

其实，我们更需要有一点宽容心，说了或听了忏悔之声，我们或许都感到轻松，灵魂不会空虚，哀叹人生苦短。因为我们都放弃了挣扎，我们不再以所有自己匮乏之物的想象来折磨自己了。

其实，我很羡慕女的有"闺蜜"，可以互诉衷肠。而我们男的，寻寻觅觅一生也难得有"知己"，多是话不投机，言不由衷，如果有"忏悔室"，我们就可以轻轻地对"神父"说出自己的快乐、自己的苦恼！

其实，人人都有苦恼。我想最苦的是我们的学生，特别是高中学生，他们是未成年人，又在青春叛逆期，内中的苦闷无处发泄，平白无故地会惹出许多事端，令人莫名其妙，担惊受怕。怎样使我们的学生安全地度过苦恼期，有人做过很多努力。

有的专家建议，学校应有一个心理咨询室。还有人认为最好的方法是学生自己在一个"发泄室"，做一个校长样子的"橡皮人"让学生拳打脚踢，发泄怒气。我说，这样不好，干脆就让校长天天蒙着头脸，关着门窗、关着灯，让学生真打。受伤轻的就让他继续当校长。打得爬不起来送医院抢救的就下一个——滚蛋！

这是一个笑话，其实是一个谬误。"忏悔"和"发泄"的主体具有本质的不同。《论语·学而》："曾子曰：'吾日三省吾身为人谋而不忠乎？与朋友交而不信乎？传不习乎？'""三省"，即通过自己及时的反省、内省、检查时，及时发现罪错、过失、缺漏，进而及时消减、救正、弥补，达到清心、净身、归真之目的。

如果我们一味地去"泄愤""泄恨"，而不去反省自己的"愤"从何来，"恨"从何始，就无法达到自己忏悔、反省的目的。

（2018 年 4 月修改）

欧洲的交通

欧洲各国的公路、铁路、水路、民航自成一体，又融入欧共体的大网之中。自2002年欧共体成立以后，国与国之间就没有明显的界限了，海关也拆了，收费站也拆了，大部分不用交过路过桥费（好像只有意大利除外）。我们乘坐的是一辆豪华奔驰大巴，50个人的坐位，包司机、导游只有15个人。

我和胡坐在最后面，不是上车就睡觉，而是瞪大眼睛看风景，拍风光片。

从德国杜赛尔多夫下飞机后，到荷兰的阿姆斯特丹上飞机，前后共12天，天天坐车八九个小时，行程差不多每天都有500公里，除了进市区的外，全部是高速公路。高速公路大部分是双向六车道，一条是小车道，一条是货车道，中间是客车道，绝不错行，也难得超车。乡村公路也全部是柏油路双车道。十多天来，只见意大利米兰地区在修路，其他国家不见修路架桥。

公路上总是车水马龙，日夜奔流，但从未见过堵车的现象。就是我们乘坐的大巴，也可以在市区旅游点里灵活地转来转去，毫不受阻。更令人叫绝的是，大都市罗马、巴黎竟没有立交桥，更谈不上三环五环。

我们在巴黎埃菲尔铁塔参观，车子停在铁塔附近，有很多大巴都停在那里，而铁塔上，铁塔下，不说人山人海，总之到处是游客。一次可装三四十人的斜电梯，不停地把游客送上去又接下来……我想，天安门广场够大的了，如果广场附近可以停大巴，还不知要乱成什么样子。

埃菲尔铁塔下不远就是塞纳河。我们乘船游览了塞纳河，河面不宽。几乎每隔百米就有一座风格不同的桥。导游说，要是晚上，不同的桥有不同的灯光，也很好看。上岸后，乘车去巴黎圣母院转了一圈，正好是下班时，只是过十字路口有红绿灯的地方车子才停了几下，但并没有堵车。第二天去凡尔赛宫，后又穿过巴黎市区去卢森堡，也是一路畅通而过。

巴黎市中心的凯旋门并不是很大，绕凯旋门有 12 条大道放射而去。有一条就是著名的香榭里大街，虽不是步行街，但也是行车有序。路边的人行道稍宽一点。

欧洲各大中城市，私家车很多，都是依次序停放在大街小巷两边。不过停的位置非常准确，绝不超过停车线，哪怕是挨住停车线半分。

除了高速公路外，道路也不见得宽广。我们的司机马克，驾驶的大巴，前后有十几米长。司机的技术十分高超，大巴在他的手里，就像一个儿童玩具，转弯自如，就是我们认为拐不过去的弯，都能一转到位，从未看见他倒过车或掉过头。

高速公路的设施十分齐全。每隔二十来公里，就设有服务区，除可加油外，还有超市，饮食店。我们有两餐中饭就是在服务区里的饮食店吃的。司机马克，开了两个来小时，必停车，他去喝杯咖啡，抽两支烟。我们也就下来，逛逛开着空调，温暖的，富有人情味的超市，活动一下。有意思的是，想买点小纪念品，但很多纪念品都印有 "Made in China" 的字样！胡说，这可能都是义乌的货！

除了服务区，路边稍开阔的地方都辟有临时停车休息的地方。这样的地方，也很多，每次看到都有大小车子停在那里休息。可能欧洲的司机开了两个小时左右，必须休息，否则就要受到惩罚。我这才想起，怪不得欧洲的车子，无论是旅游车，还是大货车，只有一个司机，没有副驾驶员。这也省了许多的开支，当然，司机遵守交通规则是一个前提，否则，疲劳驾驶，事故迟早要发生的。

除了明显的标志以外，据说在德国车子一般不限速。这仿佛与严谨、严肃、认真的德国人不符。但我想，德国人造了世界上最好的车子，又造了世界上也可以说是最好的路，如果车子限速，岂不成了笑话？

在半个月的旅行中，雨天多，晴天少，从意大利去德国时，山路弯弯，隧道一个接一个，又下了大雪，只看见一部车歪歪地斜在路边，可能是出了事故。其他就根本没有看见过交通事故，也难得看到交通警察。

有时一天四季：早晨太阳有点红晕，上午又便下了雨，下午还下了雪，晚上，又可以看见月亮笑弯了腰。大雪纷飞的时候，高速公路上，乡镇村公路上，清障车在路上不停地工作，一前一后，紧挨两部，把路上的积雪铲得飞向路边，及时确保了道路的畅通无阻。要是在国内，大雪没下多久，地上积雪没有多厚，高速公路上便要封闭了。

在欧洲坐了十几天车，十分放心，因为十分安全。

欧洲的河流

　　欧洲的都市或城市，像其他地区一样，大都傍河而建。城市因有河流而有灵气，更显秀气。我们在德国见到了易北河，在奥地利见到了多瑙河，在法国乘船游了塞纳河，在比利时和荷兰见到了莱茵河。在意大利，见了许多条不知名的河流。当时雨天，只有一条河流淌着泛白的河水，其他的河流，都清澈见底，蓝得可爱。多瑙河正如钢琴曲，真是蓝色的。我们去多瑙河的时候，北风狂呼，冷得发抖，但我们还是匆匆地欣赏了蓝色多瑙河的芳容。也有人在钓鱼，一黑一白的两只天鹅在悠闲地游戏，不时把长长的脖子没入水中，然后伸起脖子，头一摆一摆的，欢快地叫着。

　　多瑙河泛着诱人的蓝色，静静地流过奥地利的首都维也纳。1825 年 10月 25 日，一位享誉世界的轻音乐作曲家和小提琴演奏家，就诞生在这个美丽的城市。我想，约翰·施特劳斯可能就住在这条河的旁边，他天天在河边玩耍，打水漂，在船上捉迷藏，下河摸鱼。在他长大后，经常沿着多瑙河慢慢地散步，沉思，终于一日所悟，狂奔回家，一气呵成，写下了《美丽的蓝色多瑙河》。在奥地利人的心目中，《美丽的蓝色多瑙河》圆舞曲已经成了国家的象征，被亲切地称作"奥地利的第二国歌"。

　　这一点可以肯定，100 多年前，多瑙河肯定是蓝色的，不是黄色的，更不是污水横流的，尽管当时多瑙河可能并没有这样蓝，但斯特劳斯对家乡对母亲河的美好祝愿，如今也变成了现实，使多瑙河变得这样蓝，这样可爱！这样名副其实！如果我们请作曲家也作一曲《蓝色的长江》《清清的黄河》，过一个 100 年后，这两条中华民族血脉的一江一河也变蓝了、变清了，该有多好啊！

　　在法国，我和胡买了十几瓶香水，虽然颜色有蓝的，有黄的，有红的，还有无色的。我疑心这是法国人把河水装来，放了点调色品，再放了点香精，就变成了法国香水了，因为从意大利北部进入法国，山一样，树也一样，可那河水就一下子变得清亮，蓝得象花露水，使人想狂喝一肚子！

最奇的要数莱茵河了。莱茵河一路跨过西欧 9 个国家。她水质清澈、鱼游鸟翔。想到她从阿尔卑斯山白雪皑皑的雪峰下流来，穿越了瑞士巴塞尔的化工铁塔林、德国鲁尔—科隆的炼钢炉群、荷兰鹿特丹港壳牌公司的油罐巨人阵……竟然没有被污染，你不得不承认莱茵河的伟大和魅力。

在途中，我们看到一部小车后挂一个扁的小拖车，不知是什么东西。后来，在服务区，我们好奇地去探看，原来是装马的小车。周末假日，他们把马也拖到郊外，停下车，就去骑马玩。胡说，我的天啊，他们的马都坐宝马！

我们经过莱茵河边的时候，看见很多汽车停在河边的草地上，大人有的在钓鱼、骑马，小孩在北风中玩耍。旁边停了一辆辆大的客车一样的车子，这是流动的家庭车，车上厨具、卧具、玩具一应俱全。正因为河流是清澈的，空气是清新的，阳光是温暖的，小草是碧绿的，小鸟的鸣叫是欢快的，所以欧洲人把一切大自然的东西，都融入自己的旅行和感悟之中，又把自己的情趣汇入大自然的怀抱之中，真正形成了天人合一。条条河流，欧洲人把它看作自然和文化的"遗产长廊"，把河流的休闲、观光功能凸显得淋漓尽致。

当然，像其他河流一样，莱茵河仍然发挥着运输大动脉和发电等功用，但开发河流为经济发展的时代已经过去了，现在的莱茵河流域的人更关心的是怎样使她"恢复自然"，挖掘她的纯美和休闲价值。古老的帆船，时尚的游艇，悠闲的垂钓，天鹅、野鸭在与人默默地交流，河底的卵石清澈可见，鱼儿在快活地游来游去……河流给人以享受和愉悦，人们陶醉在大自然中，感谢大自然的恩赐。据说，莱茵河是世界上管理得最好的一条河，是世界上人与河流关系处理得最成功的一条河。但莱茵河并不是一直就这样好，她三十年前还称为"浪漫的臭水沟""敞开的下水道"。现在的成功，全因为莱茵河流域各国的协调合作，共同努力才达到的。而协调和组织这项伟大工作的，就是"莱茵河国际保护委员会"。这个委员会的主席轮流由成员国的部长担任，部长们只是兼职出席重要的会议，日常工作由委员会的秘书处承担，但秘书长这个位置每届都必须由荷兰人担任，这是因为荷兰是最下游国家，最下游国家对一条河流的管理更有责任心。这真是一个牵强而伟大的创举。

就这样一个小小的机构，却可以协调莱茵河流域的九个国家！而我国的长江水利委员会、黄河水利委员会，却都有数万名员工，一国之内，却协调不了几个省之间的问题。淮河流域仅仅涉及四个省，十年投入600亿元，淮河污染依旧。黄河水是"真他妈的黄"啊，长江也是日复一日，年复一年地"一江浊水向东流"！

莱茵河国际保护委员会中设有水组、生态组、排放标准组、防洪组、可持续发展规划组等，还有一个由非政府组织的观察员机构，监督各国工作计划的实施。观察员机构把自来水、矿泉水和化工企业都组织了进来。欧洲人喜欢钓鱼，并且人数众多，还有钓鱼者的组织——钓鱼者协会，河流的治理开发都要尊重钓鱼者的意见，否则将会遇到麻烦。

2004年10月10日，由全国政协与中国发展研究院联合组成"长江万里行"考察团，历时12天，赴21个城市实地调研，揭示了一幅长江污染的真实画面，专家疾呼：救救长江吧！因为长江已陷入深度危机，若不及时拯救，10年之久，长江水系生态将濒临崩溃！（见《信息日报》2004年11月28日）

我不知道专家的呼吁是否有人看了，但有一点可以肯定，这个高级考察团，在12天内调研了21个城市，这21个城市的政府官员起码作了汇报，陪同了专家进行考察，听取了专家的意见。当然，无法准确统计具体的官员数，也无法了解当时听到专家评述时官员的表情和神态。

"模仿自然"、"恢复自然"，恢复河流的滩地和湿地，让两岸的堤坝自然化、或者模拟天然河流的河岸、河形，这目前是欧洲治理河流的潮流。我无法统计我国有多少条河流已被污染，但据2004年《中国环境状况公报》指出，2003年全国七大水系407个重点监测中，只有24.8%适于饮用，38.1%适于游泳，另有29.7%是没有任何用途的臭水。然而，这七大水系还不是我国河流的全部，当你到西北与华北，时常会见到干涸的河床；当你到东部沿海地区，常常见到又脏又臭的河流，有些地方几乎达到无水不脏、无河不臭的程度。不可否认，这是我们经济发展的代价！

"河流是我们的鲜血，河流是我们的生命。"这才是河流对我们生存的价值！而我们的无知和盲目，却使鲜血受到了玷污，让生命受到了威胁。

好在我们还有风景如画的漓江山水，还有美不胜收的小三峡，还有如梦如幻的九寨沟……我们还有时听到某地又发现了新的风景点，山高、树密、水清，在高兴之时，我想，爱美的人啊，不要去搅动那天上云，不要去惊动那林中鸟，不要去吓唬那水中鱼，就让她们，自然地、安静地慰藉着一个个不安的灵魂吧！

欧洲的建筑

欧洲的建筑，我们这里主要指房屋、道路和雕塑。

先说房屋。这次欧洲九国之行，到了意大利的罗马、法国的巴黎、奥地利的维也纳、卢森堡的卢森堡、还有梵蒂冈的梵蒂冈，都是这些国家的首都。其实首都也很平常，除了车辆多了一些，道路宽了一些，几乎和其他的城镇一样，没有什么标志性建筑，无高入云端的大楼，无外表富丽堂皇的办公楼，只是显得朴素整洁美观，与周围的建筑、绿化非常贴切。如果同一类型，欧洲人会把它做得尽善尽美。如巴黎塞纳河上的几十座大桥，每一座桥的设计风格不一，外表装饰不一，坐在游轮上欣赏这些桥，就像欣赏桥的博物馆。

除了城建市区以外，所到的几个国家，私宅一般是二层的小洋楼，不大，大部分有车库，大部分是白色或粉红色的墙，屋顶大部分是浅红色的。

房子都建在山上，或水边。真正在平地上建房的很少。

有的房子建的地方很高，好像接近了山上的积雪，天上的白云。这些房子建得也没有规律。但门口一律是草地，四周一律是森林，房子都躲在树林里，只是红色的屋顶，还有那袅袅的炊烟，才知道密林深处有人家。

房子做在陡坡上，住得很高。我真不知道房子的主人是如何上去的，因为看不见道路，也看不见电线，还有那饮用水，又是怎么提上去的呢？

白天看这些房子，怎么也看不顺眼。可到了晚上，就好看了。从窗户里透出来温暖的灯光，像满天星，散落在黑幕里，把山坡装饰得十分漂亮。那建在小河两边的房屋，灯光就像一条粗项链，河水泛着明亮的灯光，远近看去，真的好看。

欧洲人尚古，在市区的房屋有的墙壁上或大门的上方写了、刻了该房是什么年代建的，算一算，大都有几十年、上百年或几百年。

大门和一楼的窗户都没有安装防盗的铁门或防盗网。我们走在大街小巷，摸摸那不同形状门环，别有情趣。特别是那被摸得铮光的铜门环，好像还有点余温在上面。

除了没有防盗设施外，这些国家的居民或办公室安装的空调主机都一律藏在阳台内的什么地方。开始我们以为欧洲人不装空调。所以墙是干净的，墙是整洁的，根本没有乱七糟的东西，包括乱扯的电线、水管。

更令人悦目的是，临街的窗户上，都摆放了鲜花或是长绿的花草什么的，那窗纱一律都是白色的，窗帘一律斜拉。你想像得出，干净的墙，有白纱衬托，有鲜花的阳台，你说有多么美！中国的"帘"字，似乎外国人才理解了它的真正含义。

几乎所有的阳台都是铁栅栏的，没有封闭的，使房屋增加了活泼与灵巧。

可以肯定，几十年，上百年，几百年的房子至今，只把已烂了的木窗换成了铝合金或塑钢的，但窗户的大小形状没有变。

就是名人的房子（故居）也只不过在墙上用木板或铜板钉了一个名字而已。我们看了马克思写《资本论》的地方，墙上只有一块木板，刻了一只小天鹅的标志；而音乐家莫扎特的房子上只有他一个名字。大门依旧，外表依旧，保留了原来的样子，不像我们隔着有色玻璃看古人。什么也没有改变，才显得真实，才感到亲切，才会引起悠悠的怀古之情和思念之心！

再说道路。我这里指市区的道路。市区的道路除了极少数过往车辆比较多的道路铺了柏油外，其他所有国家、所有街道都是用四方的花岗岩铺成的，就是凡尔赛宫的大广场也是如此。这四方的花岗岩一律是上大下小如楔型。铺的时候，有的设计了图案，有的就自然排列。我想，如果从一定角度上来看，这种做路的方法也是一个伟大的发明。因为我想它有许多的优点：其一，选材方便，简单，不需打磨成一定规格大小的石料；其二，铺设简便；其三，铺设日久，上大下小，**越陷越紧**；其四，更换方便；就是沿路铺什么管线开启、复原也方便；其五，上下通气，不会产生城市"热岛"效应；其六，排水方便，从空隙处可以渗水入地；其七，即使有汽车通过，只能缓行，尽可能避免交通事故；其八，行人只能慢行，外国人、本国人可以尽情地欣赏风景。

我们看了茜茜公主的公园，凡尔赛宫的花园，还有许多大大小小的花园。我发现，公园内的大路小经，都是用大小等一的细白沙铺成的，走在上面"沙沙"作响。如果像我们国内，全部是水泥、花岗岩铺好，热天还不把公主、皇后热得发昏？花园就不是散心而是生气的地方啰。

三说雕塑。到欧洲之前，知道国人学绘画、学雕塑，非要到国外去学，才大有长进，到了欧洲，才明白这个道理。

所有的国家，不管城镇大小，不管广场大小，都有标志性的雕塑，或历史名人，或艺术家。历史名人大都骑战马，披战袍，持战矛。靠近雕塑，仿佛就听到了战马的嘶鸣和战场上的厮杀声，矛与盾的撞击声……艺术家是音乐家，或哲学家，或绘画家，或雕塑家，都和真人大小，或拉琴，或沉思，神态逼真，栩栩如生。

教堂内的雕塑更是美伦美奂，精妙无比，大理石和花岗岩在雕塑家的手下，都充满了灵气，呼之欲出，更充满了人情，温情脉脉。男、女人体雕塑大都为裸体、半裸体，肌肉、经脉都逼真。你摸一下那皮肤，仿佛都有弹性。

培根说，建筑是凝固的音乐。以前对这句话难以理解。欧洲之行，对此有了感性的认识和理解。是啊，那教堂，那街道，那每一栋建筑，那每一扇门，每一个窗户，甚至那门上的铜环，那石道，都是一个音符，一条街就是一道音乐，一首抒情的小调，一首轻音乐，一首交响曲。

听说大连市政建设不错，我只于 1993 年去过。也只是草坪多，广场大，这都是人为的，不是自然的。除了大连，全国各地都拆房子，建高楼，建广场，广场的雕塑也都是造型看不懂的铜或不锈钢，缺乏人情和人气。而建设的样子，从北到南，从东到西，几乎是一个规划师规划的，没有特色，这都是政绩工程！

　　于是，北京的古城墙拆了，苏州河臭了，城市挤了；于是农村旧房子不修了，马路两边的店面都起来了；于是，规划师香了，建筑师忙了；于是……我们还能于是到多久？古为今用，洋为中用，这句话早已被决策者抛之脑后，脑袋一热，胸脯一拍，大手一挥，就使我们的城市、村庄变得惨不忍睹！

意大利印象

这次旅游，在意大利安排的时间最长。从威尼斯到佛罗伦萨，再到罗马，又折回到米兰，从米兰穿过阿尔卑斯山脉，到法国第戎省会。

在亚平宁半岛来回，看的城市最多，使我们充分领略了古罗马的文明。

古罗马帝国以亚平宁半岛为中心，曾横扫地中海沿岸多国，创造了古代灿烂的文明，推动了历史的进程。文艺复兴又以罗马、佛罗伦萨为中心，以科学的思想，进步的理念，荡漾着欧洲大陆和地中海沿岸，又推动了科学的发展，使人类的文明历史加快了进程。

不可想象，除了地理上略微的海上优势外，罗马帝国（即亚平宁半岛）可谓无其他优势可言。但罗马帝国的统治者，却跨大海，越高山，用铁船和铁蹄，将地中海沿岸多国任意践踏并使之臣服，这真的不可思议？

我们现在意大利游览，凭吊这些古代文明的遗迹，不得不惊叹它们的伟大和远见卓识。

古罗马遗址只是用铁栏杆围住了，倒了的罗马圆柱，歪斜的大圆石礅，还有那残垣断壁……仿佛在向游人诉说：这就是我们的古罗马文明！古斗兽场也只剩下半边，椭圆型的建筑，高大而宏伟，设计精巧而不笨拙。我们在外面就好像听到了人与兽的博斗，听到了观众兴奋而痛快地欢叫。

这些古代的文明遗址，散发着诱人的气息，使得世界各地的游客蜂拥而至，惊叹而回。

也正是由于这些祖先的杰作，以及后世悉心的保护，游客留下美元和赞叹，使得意大利人坐享其成，欢乐无比。所以意大利人生活中有四大享受：时装、歌剧、面条和冰淇淋。你想，他们天天吃完面条，穿着时装，拿着冰淇淋去听歌剧，怎不是享受人生极乐？所以意大利的树没有德国的好看，草也没有奥地利的漂亮，自来水也没有法国的好喝。就是在米兰修车，迟迟不来的师傅，也透露出意大利人的散漫和懒怠。

说来惭愧，我们住在意大利米兰时，意大利并不欢迎来自东方古国的朋友，比画着说我们中国人随地吐痰，不顾场合抽烟，口气和目光里流露出他们的不屑与不满。我的脸腾的一下红了。这场经历我永远刻在心里，每每想起，就一个字："痛！"

我想，只要罗马的古斗兽场还在，只要梵蒂冈的教堂钟声还在响，只要威尼斯还没有淹没，只要比萨斜塔还没有倒下，只要米兰的国际服装节还在举行，不管是白人、黑人、黄人，不管男女老少，不管东南西北，你就要到意大利来，来感受它的古代文明，感受他们的散漫和懒怠，还有他们的傲慢与偏见。

这就是意大利！

后 记

写作确实是一件很苦的差事。

尽管我只是费了两个周日，关在办公室，将日记稍加整理，一气呵成，只是《欧洲的河流》参考了一些资料，但由于回国后杂事缠身，自国外回来当时的激动、感动也慢慢淡化，使写作（抄作）的冲动变成了一种惩罚。

本来还想写漂亮的俄罗斯小姑娘，圣彼得堡街头的酒鬼，还有那浪漫的法国，温馨的奥地利，精巧的梵蒂冈，以及开放的阿姆斯特丹。尽管它们已牢牢地刻在脑海里，但要真实、忠实地记录下来当时的所见所感，总怕自己有瞎编之嫌，所以干脆就不写了。

好在树林先生带去了摄像机，他很专业很勤快地拍了很多风景和照片。回国后，他又自己精心地剪辑、打字幕、配乐，做了一套"西游小记"的光盘。我有时看看光盘，好像重返欧洲，重温旧情。也许会有那么一天，我们简单地收拾一下，带上一张银行卡，拎起一个包，就可以轻松地出国了。

如果真还能出国，我还是选择去西欧，回来后再续写"西游小记"。

（"西游小记"部分文章 2011 年 9 月 10 日刊登于《景德镇日报·乐平新闻》）

杂　谈

从 "东风冰棒" 现象谈起

每到热天，人们稍微留心，便可发现这种现象：大街小巷卖冰棒声，声声都是 "东风冰棒" 音。卖冰棒的嘴里喊着 "东风冰棒"，箱子上写着 "东风冰棒"。

出现 "东风冰棒" 现象并不是偶然的。"东风冰棒" 因为 "物美"，由东风制药厂内流通到了大街小巷。一些卖冰棒的人，明明卖的不是东风冰棒，也纷纷扯起了 "东风" 旗。乐平城里，国营、个体的冰棒厂不下几十家，为什么卖冰棒的人偏要喊 "东风冰棒" 呢？我认为，其原因在于 "东风冰棒" 质量是顶呱呱的，卖冰棒的人这样一喊，生意就好做了。

我听说过这样一句话："有了金牌哥哥，就会有金牌的兄弟。" 意思是说，一旦某产品质量好，有名气，销路广，便会有 "冒牌" 货随之而来，叫消费者分不清真假伪劣。

人们对伪劣商品是深恶痛绝的。买到价真货不实的冒牌货，这不能全怪自己无用，而是造 "冒牌" 货的人太有能了。有一个地方造假东西出了名，那里人曾自豪地说："世上有多少真东西，我这里就有多少假东西。" 听了这话，不免使人毛骨悚然。药有假的、酒有假的、烟有假的、洗衣粉有假的……前些天，一位朋友患了感冒，吃药不见效，鼻子仍堵得紧，他除了怀疑药的真假外，还疑心这 "空气是不是 '冒牌货' "。

当然，吃 "东风冰棒" 不必有这样的担心，即使担心，也有克服的办法，那就是不买不吃。可人生在世，有些东西你就不得不买，但买了又叫人担惊受怕。我曾在三个商店买过三个灯头，一接线，都有一个电线冒火电灯不亮的特点，害得我，一想起买灯头就神经兮兮，至今还让那盏电灯瞎着。因此，无论从哪方面说，多一点真货，少一点 "东风冰棒"，应该是合情合理的。

"最尊贵的中国人"

辜鸿铭少年留英，转学多国，精通英、法、德、拉丁、希腊、马来西亚等语种，文、工、商、法无所不精，获 13 个博士学位。25 岁归国后，闭门读书几年，后随逐官场，空闲时博览经史子集。青年转入对儒家传统的研究，译四书，述春秋大义及礼制诸书，成东方文化的代言人。

辜少极具语言天赋，留学十年，能够熟练地运用九种语言。其青年时转攻儒学，按理，他接触深奥的儒学应是浮浅的，也应人云亦云，但他对春秋大义的独特理解，并能将四子书以极其优美、漂亮的"外文"翻译给外国读者，"西人见之，始叹中国学理之精，争起传译"（《清史稿》），这是国学走向世界的标志。这不能不说辜确实为横空出世，旷世奇才也！

"到中国可以不看紫禁城，不可不看辜鸿铭"。印度圣雄甘地称他为"最尊贵的中国人"。

他就是中西文化撞击迸发出来的一颗彗星！

——读《拖长辫的北大教授辜鸿铭》
（2006 年 8 月）

拥书而眠

——读《书情书色》

　　余自幼家贫。每集小钱，遂到书店购书。回家小灯下翻阅，有趣有情。因无书柜，皆锁进衣箱里（衣箱为旧式，高约 50 公分，宽约 70 公分。有四脚小架。可当书桌），闲时开箱整理、翻阅，无言无忧。

　　入大学，读中文系，才知要读的书太多，不觉养成购书之瘾。每上街，每到新地，皆首寻书店，必购得一书作纪念才心安。回家，为购来新书登记、编号、贴标签、盖藏书印，审视之，才觉不虚此行也！

　　余购书，先看出版社，名社出版，可避盗版；二看作者，可与名人对话。购书并不侧重书中何类，有一篇或一句话，令余悦便欣然购之得。暇时阅之，仍觉如意。

　　数年前到海南出差，返时到深圳，逛书店，购书十几册，负重而回。今年上半年，同一好友出差北京。下火车便知北京地坛有书市，即打车前往购书，《汉语是如此的美丽》仅购书一本。来回车资二百多元。此实乃购书之笑谈。

　　家中藏书几千册，早无地方可放书，柜子里、茶几上，皆摆放了书。迁居两次，极不欢迎客人、同事、朋友来访，怕人见了这些书，言不合新潮流、大时代。

　　余看书习惯在书上或画或批，故不好电脑，无书香之味，无批画之趣也。

　　家中有杂书，小偷不光顾。拥书而眠，可做美梦！

（2009 年 10 月 23 日夜于华东师大）

悲闻又贴错了对联

上联：客满九洲（州）生意旺；下联：商通四海财源广。横批：恭喜发财

注：此联为 2012 年陕西绥德县看守所的正门春联。评：去年一家医院也贴了此类对联。

中国的文化源远流长，世人为之骄傲。综观历史，中华优秀文化之血脉，差点两次被切断：一是秦始皇的焚书坑儒，二是"文化大革命"。这两次幸得有识之士，冒死，铤险之举（含陪葬、杀头等），使文化之微脉得以残喘，乃幸维系后世。

今盛世太平，文化又遭受第三次厄运、摧残，庸俗、低级的文化冲击视听，传统的、优秀的文化产品被快速的复制、发行，如春联、灯笼，红白喜事之用品，无行业之别，无地区之异，因而很容易地产生看守所、医院贴错了春联之怪事！比如教书的与屠夫家贴了相同的春联，你说是哪家贴错了呢？土豪家与棚户人家贴了一样的对联，又孰对孰错呢？浙江特别是义乌等地的文化印制品，已席卷全国，乃至国外华人地区，我们在轻而易举地张贴、悬挂这些用品之时，有谁会想到，我们在喜悦中，在兴奋中默默地在断送、切断自己的、本地区的、独一无二的、不可再生的优秀文化！

（2013 年 3 月 29 日）

谁还在屠杀南京？

电影（电视剧）《南京大屠杀》《南京、南京》《金陵十三钗》等作品里，主人翁多是外国护士、传教士、妓女，他（她）们以人性的力量，冒着生命，去拯救我们的南京人民！

我们曾感动过！感动之余，我们还会想些什么？

日本占领南京，屠杀平民、士兵，烧、杀、抢、奸、掠，永远是日本人的荣耀，永远是中国历史上最耻辱的一页，永远抹之不去！

一个国家的城市，被外来民族涂炭了！多少年过去了，我们重掀这段历史，却以外国的护士、外教士，国内的妓女去粉饰灾难，遮掩丑陋，观后更令人心酸！

如果对比一下第二次世界大战期间的"列宁格勒围城"的时间（围城900天）、残酷（原260万居民最后只剩150万人），我们就应当掀掉、扯下早已破烂的遮羞布，赤裸裸地反省：我们的民族，我们的血液里、骨子里到底缺少了什么？谁还在屠杀我们的南京？

（2013 年 4 月 17 日）

人类最虚伪的行为

人类从沙漠中赶来了骆驼，从森林中套来了猴子，从南极偷来了企鹅……把它们安置在同一个地点的不同区域里，美曰"动物园"！

"爱护大自然"，"动物是人类的朋友"，这是人类提出的最响亮的口号。幸亏动物不懂人话，否则，骆驼会问："没有了我，沙漠只能是沙海？"猴子会说："森林中没有了我，自然从何谈起？"企鹅哀哀地说："你会把朋友关在盒子里，开着冷气烤他？"

大约100多年前，欧洲的皇室、宫爵，中国的权贵们都有自己的猎场。他们把一个地方圈起来，放几只山羊、野鹿等动物，有雅兴的时候，大人们便来狩猎，手下人驱赶着山羊、野鹿让权贵们射杀。这种狩猎都有严格的季节性和特定的范围。

而我们现在的动物园，无类别之分（天空、海洋都有），无区域之别（东有骆驼，南有企鹅），无季节之差（四季开馆、月月收钱）。

你在动物园里，无法看完所有的动物。即使看完了动物园里的所有动物，你也无法了解某一类（科）动物的习性、种类、存在的年代。其实，对我们来说，仅仅知道有一种动物叫"猴子"就够了。至于，有金丝猴、白毛猴，有长尾猴、短尾猴，有滇猴、琉球猴等等这种类别、科目，那是"猴专家"的事，与我们没有多大的关系。

人类正想办法把所有的动物装进笼子里，集中在动物园。（其实，如果把世界各国的动物园的动物种类加起来，可能已"收容"得差不多了！）当然，不容置否，科学家会对某种动物进行长时间的研究。但我想，这种对关进笼子里的动物研究的结果，得出的结论，真的有那么科学么？前几天，媒体报道了两条消息：一是又有两只可爱的一雌一雄大熊猫运往友好国家加拿大，途中的熊猫吃的是竹子，还有香肠和苹果；二是某动物园的熊猫太脏了，观众提出异议和意见。动物园的人说，熊猫本来是生活在深山老林中，我们如果把它当宠物养，天天给它洗澡，看似干净，实际上违背了它的自然属性，会适得其反。

照此推论下去（当然，进化要一个很长的过程），万一在国外生的熊猫宝贝，因为水土之变故，人力之努力，这样的宝贝不吃竹子，天天吃香肠、苹果，并且天天要洗澡、吹风、喷香水。那这个宝贝就不是人类的朋友，而变成了人类的"老子"了。

我们在动物园里保护了几只动物，但这些动物的兽性、野性在退化、弱化，只是一个个活动的标本；而动物园之外，大山深处、森林幽境、深海之中的动物正加速锐减，一些种类在消亡！动物园存在还有意义吗？我们不如放生这些动物，让它们真正重返大自然，恢复野性、灵性、兽性！人类可以在不同地方的不同区域，建一些野生动物保护区，你可以远远地欣赏它们的追逐，或可以藏在铁笼子里近距离观看它们的撕咬——因为"朋友"们都是动物！

（2013 年 4 月 12 日）

凭书"火化"

"我看的书可以把你火化!"这是原重庆市一位高官说的话。

且不说这句话是"大话"或"狂言",但至少说这话的人平时就喜欢看书或假装喜欢看书,因而可以"大言不惭",加上身居要职,可以"口出狂言"。

说出这样的话的人,是有水平的。他不说,我看的书你翻都翻得会累死了!("韦编三绝");他也不说,我看的书你单位所有的车子都装不下!("学富五车");他更不会说,我看的书,牛拉都拉不动!("汗牛充栋")!突破古理,自成高调,可谓高人!

可听了这样的话,给人一种强烈的记忆和警醒:你不好好看书学习,家里又没有几本藏书,如果今后要凭书"火化",你就会"火化"得半生不熟了!所以,今后评价一个人或厌恶某一个人,你就不要说,"哼!我算看透了他!"而可改为,"哼!我'看化'了他!"听到且理解这句话意思的人,立刻会幡然醒悟,赶紧埋头去看书的。

(2013 年 5 月 5 日)

苦涩的幽默

今天，在地摊上买了两本书，便宜，也很实用。一本是《柳公权书法赏析》，一本是《中华大对联》。回家翻了翻，也看不出什么毛病。

晚上，"腾讯新闻"上说，湖北省教育厅政府采购的320万册《新华字典》，无主编，是拼凑起来的盗版书，存在着20%的错误，是国家规定的20倍，超过国家规定销毁标准的4倍！类似事件有云南省多地政府用中央专款采购盗版字典发给学生。至于我们已使用的是否是盗版，不得而知。这真是一个苦涩的幽默！

政府把《新华字典》发给学生，本来是件大好事。"字典"是工具书，学生知道如何查"字典""词典"是一种学习的技能，可以提高学习能力。通过查阅"字典""词典"，了解某字、某词的正确书写、读音、词义，可以纯正祖国的语言。

"典"者，标准、法则也。商务印书馆出版的《新华字典》等多种"字典""词典"，早已是极品、精品之作。既然是中央有专款、政府免费发放，为什么不直接向商务印书馆采购或定购呢？给每一届小学新生配发一本《新华字典》、给每一届初中新生配发一本《现代汉语词典》或《英语词典》等，无论凭国家的财力或个人的负担，完全可以承担得起，几本"字典""词典"几乎可以使用一生，一劳永逸，何乐不为？

在采购《新华字典》等过程中，多地违规转借发行资质，盲目追求低价采购等种种操作，直接导致大量盗版的《新华字典》流入中小学生手中。这不得不使人产生许多疑问：没有发行资质，为什么可以去卖书、卖字典？既然是中央专款，政府免费发放，这低价采购中所产生的差价到哪里去了？

如果从数量上讲，生病的人没有中小学生多。如果从毒害的角度上讲，生病的人吃到假药，其危害的范围只是个体。但用了假"字典"、"词典"，危害的是一个庞大的群体。这些中小学生认错了字，读错了音，今后会写假报告，讲一口假话，又去骗其他人。所以，出版，发行假"字典"、"词典"之流，实属祸国殃民之辈，应严惩责任者、领导者、渔利者！

（2013 年 5 月 5 日晚）

"修士"辨

2013年5月12日，国家发改委副主任、国家能源局局长刘铁男涉嫌严重违纪，正接受组织调查。

《财富》杂志副主编罗昌平实名举报了刘。

刘在日名古屋市立大学获"修士"学位。该学位提供的是荣誉证书而非学位证书。刘官方简历称其是经济学硕士、工学博士，可以查到博士论文但无硕士信息。

经查《辞海》"修士"条目，意为：①品行高尚之人。《荀子·君道》："使修士行之，则与污邪之人疑之。"②"僧侣"，指天主教或东正教中出家修道的男人，与"修女"同义。

如果按学历（学位）来分，小学——初中——高中——大学（学士）——研究生（硕士）——博士，并无"修士"之名。

正名之下，这就使人产生疑惑：刘某获"修士"之名，并非学位证书，即刘某无学历（学位）；刘某又涉嫌严重违纪，不是"品行高尚"之人，也不是"修士"；刘某身居要职，肯定是共产党员，并非出家修道之人，也不是"修士"。那刘某究竟是何许人呢?

近几天看纪录片《梁思成·林徽因》，梁、林曾在美国宾夕法尼亚大学求学。至今，该大学仍保存了梁、林的考试成绩、记录和作业，镜头还显示了林的"舞台背景"作业和梁的建筑画图作业。这的确令人吃惊! 美国、日本包括西欧各国的大学对学生的原始档案的保存工作令人感叹和敬慕!

因此，我想，相关单位去调查一个人的学历、学位情况，应该是件很简单的事情，并不像调查《围城》中方鸿渐的"学历"那么艰难。

因此，我想，现在出国留洋的人很多，"海归"人士也多，良莠难辨。

"修士""博士"难分。如果都要到某人"摊上事了","摊上大事了",才去查证其学历、学位，揪出"南郭先生""方鸿渐"之流，上了外国"大学"的当，那真是开了一个"国际玩笑"！

（2013 年 5 月 13 日–14 日）

"地沟油"及其他

"地沟油"的解释可能词典中暂无定义。外国的解释不得而知。因为它是中国特有的时髦词。

我对"地沟油"的解释是这样的：将公务接待的餐桌上收集的剩菜残汤，集中起来，送到特定的地方，经分类、分离后的油水，再经过适当处理，变成"食用油"，回到餐桌上供人们食用。可能会多次循环利用。

"地沟油"对人的身体的影响应该是很大的。全国人民都对生产、加工、销售"地沟油"的人和事，义愤填膺，口诛笔伐。

其实，有另外一种"地沟油"，我们天天在用，且沉浸在兴奋的麻木中，或是麻木的兴奋中，这就是粗制滥造的电影、电视剧。

以前，我们批评一些又长又臭的电视剧叫"肥皂剧"，现在应叫它们为"地沟剧"了。

因为，编剧没有生活原材料，只是找几个会胡编的文人躲在酒店的房间里，海阔天空地去瞎编。

导演再去拉几个已出了名的或故意炒作快出名的演员去背台词，粉墨登场，然后故弄玄虚。广告做得震天响，唬得观众入场上当受骗。

一些电视、电影的名字，也是俗不可耐，比如爹呀，妈呀，丈母娘呀，后妈呀，哥呀，妹呀，前夫呀等，好像观众没有亲戚似的，又好像观众都离了婚，有后爹前娘似的。好不容易有了《亮剑》，便有了类似的名字，反映类似的题材的作品，这不是和加工"地沟油"差不多吗？许多抗日题材的电视、电影剧成了滑稽小品！

中国的历史太长，令人羡慕。一些导演、编剧，却把外国人唬得直冒汗：从皇帝、皇后、公主、皇子、贵妃，直到宫女、太监，从宋代到元代，从明朝到清朝，直把中国历朝历代的所谓正史、野史翻炒得面目全非，漏洞百出。国人看不懂，外国人只有瞎捉摸了。

文化大革命以前，如果稍作梳理一下，无论小说、戏剧，还是电影（那时几乎没有电视剧吧？）都曾出现了许多优秀的作品。作者、编辑，尽管文化水平不高，但从生产、生活中获得了许多珍贵的素材，再经过艺术加工，尽管显得粗俗，但深受读者、观众喜爱和好评，一些作品成了名著、经典。

改革开放后，综观几十年来，除了"伤痕"文学的题材曾感动过一些人，几乎没有什么作品可以使国人激动过。文章合乎时而作，其实，按理现在应是出大作、名著的黄金期。

近些年来，我们似乎都"浮躁"起来，因而一些文人也迫不及待地更加活跃起来，鼓噪起来。因为要出作品，出名赚钱，便开始做收集、加工、销售"地沟油"的勾当！作品成了做秀、作践！

如果说"地沟油"的产业引起了人们又一次对食品安全的恐慌，那么，"地沟剧"的发行，人们从精神上受到的伤害，又向谁去申诉和补偿呢？如果问你："你吃了地沟油么？"你可能会说："不会吧？我买了土榨菜油吃！"如果问你："你看了地沟剧么？"你会如何回答呢？

我们的精神正在被玷污、污染！我们的智力正在受到愚弄！

（2013 年 5 月 14 日）

"齐天大圣到此一游"

　　《西游记》第七回言，孙大圣与佛祖赌赛。纵身一跃，一路云光，无影无形去了。大圣行时，忽见有五根肉红柱子，以为是尽头路了，便拔下一根毫毛，变一管浓墨双毫笔，在那中间柱子上写了一行大字云："齐天大圣到此一游。"写毕，还在第一根柱子下撒了一泡猴尿，留下记号。翻转筋斗云，经回来处，却仍站在如来掌内。大圣一看不妙，欲逃。如来翻掌一扑，把猴王压在"五行山"下。

　　近日闻南京小孩丁某某在埃及卢克索神庙的浮雕上刻了"×××到此一游"。同时媒体还曝香港文汇报高级记者宋寅在敦煌壁画上刻字"到此考察"，并署详细日子。此等新闻，引得国人哗然。

　　如果要历数全国风景名胜处的壁画、墙壁、石头、砖上、竹子、柱子等处刻了多少"×××到此一游"，可谓百家姓中都有例子。每每看到这一些字样，雅兴顿消，大煞风景。

　　中国人出国的人数逐年增多，跨出了国门，不管成人或是小孩，都代表国家的尊严和荣誉。中国人在国外的不雅言行，早已引起外国的一些微词和不满，产生仇华和排华的情绪。

　　小丁到埃及旅游，习惯性地在浮雕上刻了"到此一游"，国人蒙耻，国民愤慨。我想，幸好刻的是中文，埃及人和外国人到此旅游时，以为是浮雕的一部分。但是，我想，刻上这么个字，需要一定的时间，其父母呢？其同游呢？那个在埃及的地导呢？为什么不去阻挡呢？我们国内的风景区上刻了那么多的"×××到此一游"，当时刻这些字时，他的友人在、游人在、情侣在，为什么又不去制止呢？因为我们麻木了，我们都熟视无睹了，我们习以为常了。破坏了外国的文物，我们生气了；摧残了我们自己的宝贝，我们一点也不心痛！

杂谈

141

　　要追查所有刻了"×××到此一游"的人，尽管有网络，可以实行"人肉搜索"，也是件很难的事。即使搜索了出来，又有什么意思呢？同为国民，"张三"即是"李四"、"王五"，也是"赵一"，是你也是我！当你在声讨别人时，其实也是在叩问自己！因为，我们的国民都在"中华民族"这个"如来佛祖"的掌中！正是，"齐天筋斗，只在如来掌上见，出不得如来手也。饶他千怪万变，到底不离本来面目。万千变态，何益，何益！人可不自省乎？"

　　大圣翻转回来，还在如来掌内。见佛祖右手中指写着"齐天大圣到此一游"，便疑有法术，急欲逃走。佛祖把猴王推出西门外，将五指化作金、木、水、火、土五座联山，即"五行山"，轻轻地把他压住。我们都不是"齐天大圣"，不能学着大圣到处题写"×××到此一游"。"齐天大圣"犯了错，压在"五行山"下；我们人人也都有错，曾经犯过，或正在犯。但何人知晓，我们人人身上也时时压着"仁、义、礼、智、信"的"五行山"！

（2013 年 5 月 27 日）

"贿赂" 论

"贿赂" 一词，一是指用财物买通别人；二是指用来买通别人的财物。

人世凡间，对"贿赂"一词的解释，应有多种多样，千奇百怪，无外乎都是一种所谓的"礼节"，一种"情谊"，一种只可意会、不可言传的"潜规则"！如"礼尚往来""礼轻情义重""不打送礼人的脸""小意思，望笑纳"！但"送礼"与"受礼"之间，往往实行等价交易。人间如此，仙界也一样！

《西游记》第九十八回言，唐僧师徒四人，历经八十种灾愆患难（后菩萨认为佛门中九九归真，又加了一难），走上了灵山之顶，到了雷音寺，在大雄宝殿，见拜了如来，将通关文牒奉上，拜求真经，以济众生。如来便叫阿傩、伽叶二尊者，先领唐僧等四人用斋食，再开宝阁取经。

下面的故事很有意思。在经房里，二尊者对唐僧直言，你从东土到这里，带了什么礼物送给我们啊？快拿出来，好把经传给你。唐僧说没有准备。这二个尊者笑着说："好，好，好！"连说了三个"好"，并说"白手传经继世，后人当饿死矣"。孙悟空气不过，想去告状于如来。但何傩却说，吵什么？这是什么地方？你还敢在老子面前撒野放刁！八戒、沙僧耐住了性子，劝住了行者，开始接经装包。拜了佛祖，谢了如来，下山奔路。

要不是宝阁上有一尊燃灯古佛，暗暗听了那传经之事，感叹唐僧枉费了这场跋涉，便令白雄尊者使法，夺了那无字之经，教他再来求有字真经。否则，我东土人仍愚昧不明，放纵无忌也！

可怜唐僧等四人，面对无字之经，长吁短叹："我东土之人果是没福，似这般无字的空本，取去何用？怎敢见唐王，诳君之罪，诚不容诛也。"只得又急急忙忙回山，转上雷音寺。

谁知，如来早已知晓此事，两次笑着说，来换经了？叫你送礼你不送，还来吵闹！你们不懂这儿的规矩，经不可以轻传，也不可以空取！比如我们前次给一家念了一遍经，保佑他家活着的人安全，死了的人超脱，就收了他三十三升米粒黄金白银，我还说卖低了价。再说，你那东土众生，执迷不悟，只能看看无字经！

如来说完，又叫阿傩、伽叶去取有字的真经。二尊者又领师徒四人到珍楼宝阁里取经，又开口要礼物。可怜的唐僧无物奉承，只好将唐王亲手所赐的紫金钵盂献上，还惨惨地说，怪我们不懂规矩，不好意思。这只钵盂，是我们沿途化斋用的，望二位不要嫌差。等以后回到大唐，还会记得好好感谢二位。

尽管是只钵盂，阿傩还是接了。尽管遭到了珍楼的门卫、厨师等尊者扯拉、讥笑，取经人的礼你也敢收？阿尊者只是拿着钵盂不放，伽叶才去进阁拎经，后报如来审查："在藏总经，共三十五部，各部中捡出五千零四十八卷，与东土圣僧传留在唐。"唐僧终于取到了真经！

看了这一回，真好像是现实生活中的一个真实的小品一样。情节波折，人物生动，令人感叹叫绝！

情节：取经→无字经→有字经

人物：如来

先摆出官架子，"方开怜悯之心，大发慈悲之心"，接着讲一口官话，"你那东土乃南赡部洲，只因天高地厚，物广人稠，多贪多杀，多淫多诳，多欺多诈，不尊佛教，不向善缘，不理三光，不重五谷，不忠不孝，不义不仁，瞒心昧已，大斗小秤，害命杀牲，造下无边之孽，罪盈恶满，致有地狱之灾。所以永堕幽冥，受那许多碓捣磨舂之苦，变化畜类，有那许多披毛顶角之形，将身还债，将肉饲人，其永堕阿鼻不得超升者，皆此之故也。虽有孔氏在彼立下仁义礼智之教，帝王相继，治有徒流绞斩之刑，其如愚昧不明，放纵无忌之辈何耶？……汝等远来，待要全付与汝取去，但那方之人，愚蠢村强，毁谤真言，不识我沙门之奥旨。"

当唐僧等返回取经，被行者悟空责问"被阿傩、伽叶掯财不遂，通同作弊"时，如来笑着说："你如今空手来取，是以传了白本。白本者，乃无字真经，倒也是好的，因你那东土众生，愚迷不悟，只可以此传之身。"意思说，你什么人情世故都不懂！无字的经，也是真经，也是好的，你那里的人，素质低，水平差，只能看这样的。他还举了三十三升米粒黄金白银诵经一遍的例子，说明"经不可以轻传，亦不可以空取"的理由，为阿傩二尊者索取"人事"提供了强有力的很有说服力的依据。

所以说，本回"如来"一扫仁慈、普渡众生之佛祖，活脱脱的是一个"官儿"！

阿傩、伽叶二尊者

仗着如来"官儿"可公开索取"人事"！二次硬要，口气很硬，态度蛮横，最后连化斋用的吃饭家当也不放过，可谓豪取强夺！如果仔细阅读后，便会发现，取经的人并不一定要"人事"，因为门卫、厨子，还有保安见他们收了唐僧的"礼"，便"你抹他脸，我扑他背，弹指的、扭唇的，一个个笑道，"不要脸，不怕耻人，取经的人的礼还敢收"！但，你打也好，骂也好，我收了礼，我便不要脸了，什么也可以不要了。再说，唐僧他们从大唐东土而来，受唐王所托，必有重聘，收了一只破碗，我还是放过了他们，还没有要唐和尚的袈裟、锡杖、白龙马呢！

二只"官儿"身边的"虎、豹"之徒！

唐僧

在《西游记》里，唐僧永远是一个说不清的人物：无恨无爱，无情无欲，正邪不分，忠奸不清。但这样一个单纯的和尚，碰到虎豹之辈，也只能低声下气，且看唐僧说的话。

"弟子玄奘，奉东土大唐皇帝旨意，遥诣宝山，拜求真经，以济众生。望我佛祖垂恩，早赐回国。"（谁理你啊！）

"弟子玄奘，来路迢遥，不曾备得。"（傻冒！）

"唐僧满眼垂泪道：'徒弟呀！这个极乐世界，也有凶魔欺害哩！'"

（现在哭？晚了吧！）

"长老短叹长吁地道：'我东土人果是没福……怎取见唐王，诳君之罪，诚不容诛也。'"（后悔了？害怕了吧！）

"弟子委是穷寒路遥，不曾备得人事。这钵盂乃唐王亲手所赐，教弟子持此，沿路化斋。今特奉上，聊表寸心，万望尊者不鄙轻亵，将此收下，待回朝奏上唐王，定有厚谢。只是以有字真经赐下，庶不孤钦差之意，远涉之劳也。"（终于低下你那清高、脱尘、远俗的高贵头来吧！）

"徒弟们，你们都好生看看，莫似前番。"（心有余悸了吧？）

最后，经徒儿三人接一卷，看一卷，一一查与三藏，都是有字的，收拾齐整驮在马上，挑在肩上。唐僧这才"拿了锡仗，按了按毗卢帽，抖一抖锦襕袈裟，才喜喜欢欢，到我佛如来之前'告辞'"。

从唐僧"出胎几杀"到"满月抛江"，到"出城逢虎"，到带着收降的三个徒儿，历经八十一难。至此回，一个说不清、道不明的唐僧形象，才显得有点丰满，有点人性，有点人情。一个单纯得有点傻的和尚，尽管领得大唐王的旨意，来到了极乐世界，仍然受到了小吏的侮辱，这是唐僧的悲哀么？

如果一些贪官污吏看了《西游记》的此回，便会说，佛祖都说取经要"人事"，何况凡人我辈呢？如果追溯"贿赂"之源，勾引得世人腐败、坠落风气，《西游记》作者吴承恩脱不了"教唆犯"的干系！

（2013 年 5 月 28 日）

夜读 "和珅"

和珅在清乾隆时的官位很高。乾隆四十九年七月，"调和珅为吏部尚书，协办大学士，兼管户部"。八月，"封和珅一等男"，"命和珅改入正黄旗，及得罪，仍隶正红旗"。

和珅的罪状很多，共二十条大罪（详见《清史稿》第三百十九卷），其中第一条和最后一条很有意思。第一条"朕于乾隆六十年九月初三日，蒙皇考册封皇太子，尚未宣布，和珅于初二日在朕前先递如意，以拥戴自居"。

这是泄露国家机密罪！

这条罪状的成立也是有原因的。仁宗（即嘉庆皇帝）的老师朱珪，高宗想召为大学士，"和珅忌其进用，密取仁宗贺诗白高宗，指为市恩。高宗大怒，赖董诰谏免；寻以他事，降珪安徽巡抚，屏不得内召"。考虑高宗遇事裁抑，"仁宗自在潜邸知其奸，及即位，以高宗春秋高，不欲遽发，仍优容之"。

"四年已未春正月，太上皇帝崩，上始亲政。丁卯，大学士和珅有罪，及尚书福长安俱下狱鞫讯。"

所以，聪明的和珅的下场早已定论！

第二十条大罪为："家奴刘全家产至二十余万，并有大珍珠手串。"

还不止于此，和珅弟和琳，工部尚书之职，四川总督，湖广道御史。"普赠一等公，谥忠壮，命配飨太庙，准其家建专祠"。

"和珅诛，廷臣论和琳藉势邀功，上亦追咎其会剿苗匪，牵掣福康安，无功，命撤出太庙，毁专祠，夺其子丰坤伊县公爵，改袭三等轻车都尉"。

请注意，乾隆三十四年，和珅"承袭三等轻车都尉"。

整整三十年，又一次惊人的巧合！

（2013年10月14日夜）

中国人的忌日

1937年7月7日，日本军队经过长期密谋策划，终于开始了占领平津，继而征服整个华北和中国的侵略行动。日军突然向卢沟桥龙王庙中国守军发动进攻，继之炮轰宛平城。中国军民奋勇抗战的序幕随之拉开。

7月29日下午，地处天津城南八里台的南开大学，突遭海光寺日军兵营炮火袭击，南开大学校园内弹如雨下。第二发炮弹击中图书馆，顿时楼塌屋倒，几十万册宝贵图书和珍稀资料灰飞烟灭。秀山堂、芝琴楼女生宿舍、单身老师宿舍以及相邻的南开中学、南开女中、南开小学均被炸毁。轰炸过后，凶残的日军又派出大股骑兵与汽车数辆，满载煤油闯入南开大学四处投弹，纵火焚烧。这所由著名教育家张伯苓等人创办，靠各界人士赞助，经过千辛万苦发展起来的中国当时最杰出的私立大学，在战火中成了一片废墟。

日本人十分清楚，要彻底击垮一个民族，除动用武力在政治、经济、军事诸方面予以摧毁外，更重要的是精神上的彻底征服。日本军队决不会轻易放过平津高校和高校中的民族文化精英以及珍贵的文化遗产。事变前就把平津高校作为重要的征服目标而虎视眈眈的日本军队，终于将南开大学置于炮火之中，开始了精神上的征服。

9月10日，国民政府教育部发出第16696号令，正式宣布在长沙和西安两地设立临时大学。由北京大学、清华大学、南开大学组成长沙临时大学。以北平大学、北平师范大学、天津北洋工学院（原北洋大学）和北平研究院等院校为基干，设立西北（西安）临时大学。

中国现代历史上最为悲壮的知识分子大撤退、大逃亡开始了。

9月10日，这也是中国人的忌日！

（2013年12月28日）

中国的脊梁

号称"黄河流域第一才子",继孔圣人之后两千年来的又一位"傅圣人"——傅斯年,于1913年18岁考入北京大学预科一类甲班就读,四年考试三次列全班第一,一次屈居第二。1916年秋,转入国学门继续深造,1919年夏天毕业。同年秋,傅以省第二名考取山东官费留学生,入伦敦大学。1923年9月入柏林大学。

傅在留学之前,在《新潮》坦诚而直白地奉劝同人:(1919年10月30日)

切实地求学;毕业后再到国外读书去;非到三十岁不在社会服务。中国越混沌,我们越要有为学的耐心。我只承认大的方面有人类,小的方面有"我",是真实的。"我"和人类中间的一切阶级,若家庭、地方、国家等等,都是偶像。我要为人类的缘故,培养成一个"真我"。

1926年9月,时年31岁的傅学成回国。经查史料,发现一个有趣的现象。

鲁迅,1902年2月,由江南智练么所派赴日本留学,入东京弘文学院;1904年8月,往仙台入医学专门学校;1906年6月,复赴日本,在东京研究文艺,中止学医。1909年6月,鲁迅29岁归国,任浙江两级师范学堂生理学和化学教员。1910年8月,任绍兴中学堂教员兼监学。1911年9月,鲁迅31岁,任绍兴师范学校校长。

辜鸿铭,1867年,辜11岁,随英人布朗前往英国苏格兰首府爱丁堡,开始接受长达10多年正统而全国的欧式教育。1880年,辜结束欧洲的留学生活,修得一身本领;除精通英语、拉丁语、德语、法语、希腊语等多种语言外,于文史哲、法商、理工诸门无所不知。1884年,辜被张之洞委以洋文案及礼宾诸务，开始幕府生涯 20 年。1885 年，辜 29 岁，在张之洞、梁鼎芬等著名学者的影响与指导下，博览经史子集，开始转入对中国儒家传统的研究。叹曰："道固在是，无待旁求。"

鲁迅后成为"旗手""民族魂"，辜鸿铭被视为东方文化的代表。

如果查阅一下民国前后三四十年的历史，有多少人赴西欧、北美、日本留学。学成之后，又回来，最后成为大师、大家、泰斗、国宝级人物。他们也许全部应验了傅的三条标准，难道傅是一个预言家？一个教育家？

如果对照傅的为学标准，除去第 1、2 条，仅从第 3 条说明，当今大学生、研究生就不符合标准。他们资历浅，从学校大门刚出来，缺乏工作经验。见的世面小，缺乏是非判断能力，因而成不了大器，几乎是枉读了几十年的书，只能算是"土鳖"，而不是"大鳄"！如果细究一想，这些天才们，经过数载寒窗苦读，无论是内功还是外力，皆成为出类拔萃的一代人才，对中国近现代学术、科技产生了巨大而深远的影响。在国难当头之际，他们毅然回到祖国，献身科学，这是怎样的一种动力和激情？这是怎样的一种胸怀？

请看一组数字：1938 年 4 月，数千名师生历经磨难，从长沙到昆明，建立了西南联合大学；1939 年 9 月，联大扩大规模，学生人数达到 3000 之多，教授、助教也增至 500 名左右。与此同时，西南联大又利用自己的师资力量和毕业生，创办了联大附属中学、附属小学，形成了极为可观的教育基地。这个基地由梁思成夫妇设计；所有校舍均为平房，除图书馆和东西两食堂是瓦屋外，只有教室的屋顶用白铁皮履盖，学生宿舍、各类办公室都是茅草盖顶。

1938 年 9 月 28 日，日军轰炸昆明开始。因不堪挨炸，联大常委会做出决定，在泸县以南的叙永设立分校。因战事频繁，交通不便，新生 600 余名注册时间推迟到 1941 年 1 月 2 日，6 日开学，10 日上课。自此，中国西南边又诞生了一个特殊的课堂。

我想，这些文弱书生，这些风华青年，尽管在民族危难之际，没投笔从戎，奋战沙场。但他们始终坚守一个信念，以微薄之力，弱小之躯，在陋室、在庙堂、在弹雨中，在风声、雨声中，在泪水中、在悲愤中，以自己的言行和执着，延续着中华民族的心脉和灵魂。他们以自己的才智和勇敢告诉和激励后人：他们是中国的脊梁！

（2014 年元月 15 日）

文化的荒漠

如果做一个组词游戏，用下列单词进行组合，你会得出什么结果呢？"父亲、母亲、丈母娘、岳父、后妈、继父、老大、离婚、结婚、闪婚、闺蜜、幸福、生活、咱们、我们、那些事、我的……"你很快地会组成某些句子："我的父母亲"，"老大的幸福生活"，"咱们结婚吧"，"我的闺蜜朋友"，"离婚以后"……这些句子很熟悉，它就是我们天天要看的电视剧的名字。

如果再去评价电影《人在囧途·泰囧》，似乎不合时宜，不合潮流。因为它创造了国产片票房的纪录。我记得全家去看此片时的心情，无可奈何的笑，一种悲怆的笑、一种耻笑、一种傻笑，人物的表演、情节的凑合，故作高雅的台词以及莫名的巧合、误会，真的不如我们乡下的草台班子所表演的抬手举足那么专注，所唱的字正腔圆那么专业！

如果不把高中生的辅导指导用书计算在内的话，全国每人每年购买书本可能只有1本多。当然，在手机上看笑话、看段子、发微信的可能会位居世界首位。

我对一些电影、电视质量好坏的评价是"初中没有毕业啊"！其实，这是一句恭维话，如果编剧初中毕业了，水平就不会这么低！

利用高科技手段，布置蛊惑人心的场景，编辑迎合某些人群低俗的巧合、台词，获取虚假的掌声，创造故弄玄虚的宣传，买通搜狗队媒体的报道，获得不可告人的轰动效应，这就是某些影（视）制作人的惯用伎俩。

当今时代，我们无法隔绝电影（视）的视听，我们在无动于衷地看，木然地听，这其实不是被边缘化了，而是在慢慢地荒漠化！

《人民日报》在去年开辟《文化世象·警惕不良文化趋向》专栏，分别对当下文化领域的"闭门造车、以丑为尚、网络暴力、政绩工程、浮奢之风、技术崇拜、比坏心理、形式主义、价值迷失"等九种不良文化趋向进行了剖析与批评。现将斯文《价值迷失阻碍道德崛起》中令人深省的话摘录以下：

"价值迷失的一个重要表现是奢侈化、物质化、政绩工程和文化项目遍地开花，价值观堕落为价格化，文化传统变成价格标签。

"价值迷失的一个重要表现是去智化，粗鄙化。再粗鄙的段子，只要能搞笑，便可风行天下；再低俗的节目，只要能来钱，便被奉为法宝。

"价值迷失的一个重要表现是虚无化、空心化。一些人乐此不彼地颠覆文化经典，不加分辨地膜拜流行文化，发动造星运动……虚无的幽灵几乎游荡在当下文化领域的各个方面。

"价值迷失的一个重要表现是娱乐化、泡沫化。从娱乐化到泛娱乐化再到愚乐化，从泡沫化到泛泡沫化再到飞沫化，文化表现为轻浮的喧嚣，肤浅的热闹。文化越是泛滥，就越失去独立的尊严和品格，整个社会就越没有文化。

"文化，是对人类精神的涵养和化育，价值迷失将使文化走入道德低地。物质化、奢侈化是对勤谨俭谦的颠覆，去智化、粗鄙化是对尊文敬识的颠覆，虚无化、空心化是对包容厚载的颠覆，娱乐化、泡沫化是对慎终追远的颠覆，而这些，恰恰是中国文化传统最重要的组成部分。"

因此，如果我们的文化丧失了思考能力，社会丧失了首要支撑，创作失却了学术规范，建设失却了人文情怀，我们在所谓的文化奢侈中、喧嚣中、泡沫中、娱乐中就会慢慢变得不断模糊、不断退让、不断淡化、不断空心、不断荒漠。

因此，敬畏传统方能坚守恒常，谦逊内敛方能豁达冲能，谨慎求索方能吐故纳新，常怀忧虑方能心存远大，激浊扬清，彰善惩恶，文化方能繁荣长青。

（2014年2月6日夜、雨、有霾）

文化的"雾霾"

"雾霾"一词,近几年变得很时尚起来。一是它突然变成了天气预报中一个天气气象的专用名词,像"雨""雪""风"一样;二是它现在与我们天天相见,息息相关,特别是北方或工业发达城市,几乎天天生活在"霾"怨中。

"雾霾"一词,可能是一个新造的词。经查《现代汉语词典》(商务印书馆)1983年版),并无"雾霾"词目,而对"霾"的解释是这样的:"空气中因悬浮着大量的烟、尘等微粒而形成的浑浊现象,通称阴霾。"这个词目的解释,应该是很准确的、科学的,"空气中""烟、尘微粒""浑浊现象",是三个很关键的词眼,如果拿现在的科学家或气象学家来解释,最多应加上一个"对人体有害的""可吸收的PM2.5微粒"等定语。

但我们还应注意到"通称阴霾"这句话。按理说,"月有阴晴圆缺"是一个自然现象,但"雾"和"阴霾"不能合而为一。

创造"雾霾"一词的气象学家,应该是一个文学家加心理学家。你想,每当气象员播报"某地雾霾严重,已拉橙色警报",比播报"某地阴霾严重,已拉橙色警报"要浪漫得多,诗情画意得多。

正如创造"雾霾"一词一样,我们的文化也同样在"雾"中浪漫,在"阴霾"中抒情,在麻木中高歌!

一个正常人是离不开正常的有节奏有规律的呼吸的,这呼吸的空气应当是尽可能健康,对人体有益无害。在科技发达、信息爆炸、制造先进、翻版迅速、模仿快捷、剽窃无痕、传播迅猛的当今,影像、视听文化已经成为我们每时每刻离不开的"空气"了。

但这"空气"的质量如何呢?应该是"悬浮着大量的有毒微粒",严重损害我们的身体健康。

按理说，每年的"春节晚会"是展示汉族文化文明的大舞台，节目应该是精品中的极品！但几十年来，舞台效果是一年比一年繁华炫目，演员阵营是一年比一年强大，但节目却一年比一年低俗！有的简直是俗不可耐，惨不忍睹！比如赵本山的"卖拐"，连续"忽悠"了全国人民三年。又比如，坐在轮椅上的蔡明，去年就"冷酷"了我们，今年又"无情"了我们，明年应该还会"更年"我们么？"春节晚会"要笑，要高兴，这样的节目，是叫我们装疯呢？还是让我们卖傻？

诚然，一个文艺节目，应该是无标准，但有主题。无标准，是众口难调，但干净卫生；有主题，是通俗、高雅，引起共鸣，获得营养。通俗不等于低俗、媚俗。高雅并不是曲高和寡。

斯文在《人民日报》中的《价值迷失阻碍崛起》一文中指出："我们的文化生产与消费尽管有着几何级数和量的增长，但与真正的繁荣仍有距离，能够在世界范围内产生影响的大师级艺术家仍寥寥无几，能够在历史长河中沉淀下来的史诗性作品屈指可数。"这段话，写得太深刻了！

中华五千年的文化，似乎只剩下"四大名著"。今年春节前后，仔细观察，又放了精细版的《西游记》，播放了改版的《三国演义》，这是何等的可怜！而另外充斥荧屏的几乎都是"好歌天天唱""春节七天乐""芝麻开门"等娱乐节目，还有其他莫名其妙的并不可笑的节目。

听说庐山岭上放《庐山恋》的场次也打破了在同一场地放同一电影的世界记录，播放《三国演义》《西游记》也打破了在国内播放的记录。如果过了一段时间统计，我相信电视剧《亮剑》也会打破播放记录的。我并不是说《庐山恋》《亮剑》是极品级的作品，但至少它是一部群众喜爱的作品。

或许是我们的作家、编辑过低地估计了读者、观众的欣赏水平，所以就放下架子，放低"曲高"，写出那么些作品来，迎合在他们眼里是"下里巴人"的口味。但我想，当年曹雪芹写《红楼梦》时，确实起点太高了，但他根本就不会想到，《石头记》一经转抄，《红楼梦》一面世，就世人争读，成为了经典。

我并不是过分强调，每一部文艺作品，都应该成为经典，但它至少不能糊弄，甚至愚弄、玩弄全国的父老乡亲！

　　文化越是泛滥，没有了主题，失去了尊严，降低了品格，满目是粗俗、浮浅，充耳是暴力、色情，这正如是空气中充满了有毒微粒，把一个清明世界搞得浑浊不堪，难以忍受。久而久之，我们便会在文化的"雾霾"中难辨是非，荣辱不明，不分功过，变得麻木不仁，行尸走肉，窒息而亡。

（2014 年 2 月 8 日）

扶起"阿斗"

"阿斗"是《三国演义》中刘备的儿子后蜀主刘禅的小名（乳名），因他的故事，引出了歇后语："刘备摔阿斗——收买人心"；说某人无德无才，是"扶不起的阿斗"。

《三国演义》中描写赵云勇救阿斗、刘备摔阿斗不便赘言。单摘两首诗概之："血染征袍透甲红，当阳谁敢与争锋！古来冲阵扶危主，只有常山赵子龙。""曹操军中飞虎出，赵云怀内小龙眠。无由抚慰忠臣意，故把亲儿掷马前。"

后刘备驾崩，刘禅即位皇位。后孔明死，蜀国衰。"后主在成都，听信宦官黄皓之言，又溺于酒色，不理朝政。""后率共户二十八万，男女九十四万，带甲将士十万二千，官吏四万，仓粮四十馀万。金银三千斤，锦绮丝绢各二十万匹。馀物在库，不及具数。后主率太子诸王，及群臣六十馀人，面缚与舆榇，出北门十里而降。"蜀归魏。作者有诗叹曰："魏兵数万入川来，后主偷生失自裁。黄皓终存欺国意，姜维空负济时才。全忠义士心何烈，守节王孙志可哀。昭烈经营良不易，一朝功业顿成灰。"又曰："追欢作乐笑颜开，不念危亡半点哀。快乐异乡忘故国，方知后主是庸才。"

毛纶、毛宗岗点评刘禅（阿斗）时，颇为有趣，现录于后："玄德将阿斗掷地，亦掷得不差。由后观之，以一英雄之赵云，救一无用刘禅，诚不如勿救矣。然从来豪杰不遇时，庸人多厚福。禅之智则劣于父，而其福则过于父。玄德劳苦一生，甫登大宝，未几而殂，反不如庸庸之子安享四十二年南面之福也。长坂之役，本是庸主赖虎将之力而得生，人反谓虎将赖庸主之福而不死，为之一叹。"

赵云是英雄，是好人，阿斗先是赤子，后是庸人降君。好人救阿斗，无论何时何地，按理都是人之常情，理属应当，不必在当时考虑他今后是否是"庸才"还是"无赖之辈"，或是皇帝后主。

但现在"好人难做"！

近来，媒体不断播报扶老人引发的法律纠纷，今年春晚特此安排了一个小品《扶不扶》，引得大家众说纷云，人们在评说社会风气，人性道德，发出许多感慨！

我记得很多年前，报道过一位大学生救了一位老大爷，不幸死亡。引得读者去评论，有很多读者说，大学生救一位老大爷死了，不合算，划不来！那时的大学生比现在的大学生少得多，因而更珍贵。用一个风华正茂的年轻人的生命，去换一个行将就木的老头，不合算；一个将来很有前途的大学生去换一个已经干不了什么的老人，划不来！

如果照某些人的思维，可以推理出很多可笑的场面、情景，或可配出很幽默的漫画。

某日，一老人有危，一位年轻人走过去，问，大爷（大娘），你年纪很大了，我很年轻，我不能扶您了，请您慢慢地在这儿等吧！要不，我可以帮您打个电话，叫120，或119来救您哦。大爷（大娘），对不起哟，再见！

某日，一老人有难，一位大爷（大娘）见到，急忙赶过去，问，请问你高寿啊。哦，我比你还小几岁，这不行啊，什么？你儿子当官，啊，那也没有我儿子官大啊！我不要什么报答！你等着吧，我去叫比你年龄大的老人来救你啊！

某日，一老人摔倒，一年轻人慢慢走过去，蹲下身，问，大爷（大娘），您摔痛了么？什么？快扶您起来？不行啊！要不我先问您两个问题，你要如实回答，好吧！您等一下哟，我先打开手机录音，我问您，您摔倒不是因为我吧？不是，好，您再说一遍，好！第二个问题，您要保证我扶您起来，您不要诬赖我，什么，您不清楚，那不行，那我就不扶您了，您在这里躺着吧！拜拜！

如果按我的思维去改编《三国演义》中赵云与阿斗的故事，应该有趣。

背景："只见一个人家，被火烧坏土墙，糜夫人抱着阿斗，坐于墙下枯井之旁啼哭。""云急下马伏地而拜。"

糜夫人："子龙贤弟，你刘备哥哥飘荡半世，只有这点血肉，你赶快得保护他出去，让他们父子相见！"

赵云："嫂嫂啊，我冒死相杀，实际上是来救你，管这个小子干什么？"

糜夫人："他毕竟是你哥和我的亲骨肉啊！"

赵云："只要能救出你，以后可以再生几个啊！"

糜夫人："这是什么话？"

赵云："我一个虎将，冒死来救这个婴儿，不合算！"

糜夫人："要不，你救了阿斗，等于就算救了我？"

赵云："这让我想一想。"

时魏将引一队步兵正至。

糜夫人："子龙贤弟，情况紧急，早速决断！"

赵云："不行，谁知这个阿斗以后会变成什么样的人呢？"

糜夫人："他日后会变成什么样的人，谁知道呢？有孔明军师的教诲，有你哥哥的培养，应该不会成为庸人吧？"

赵云："但他这个阿斗长大以后会找我算账的，叫我赔他妈妈，怎么办？"

糜夫人："不会的！要不，我写下血书，作为凭证。"糜夫人即撕下裙边，咬破中指，在白裙边上写下"为保阿斗，我自愿跳井而亡。与赵云叔无关。糜"。

糜夫人含泪说："子龙贤弟，蜀国感谢你！哥嫂感谢你！保重！"说完便"乃弃阿斗于地，翻身投入枯井而死"。

赵云见夫人已死，将糜夫人遗书藏于贴身处，推倒土墙，掩盖枯井，又解开勒甲条，放下掩心镜，将阿斗抱护在怀，绰枪上马，"拔青釭剑乱砍，手起处，衣甲透过，血如涌泉，杀退众军将，直透重围"。

先主驾崩，刘禅即位，改元建兴。"加诸葛亮为武侯，领益州牧"。"糜夫人追谥为皇后。升赏群臣，大赦天下"。这群臣之中，独不有常山赵子龙。

某日，刘禅使人传赵子龙入宫。

赵云入，跪拜，山呼万岁。刘禅跷起二郎腿，斜靠龙椅，边吐瓜子壳，眯看小眼问："大胆赵云，你知罪不？"

赵云久跪不起，双手伏地，"不知何罪，请皇上明示？"

刘禅大拍龙椅扶手，急站起，"你装什么傻？老子等你这一天等了十几年了！"

赵云："末将不详，乞望皇上开恩！"

刘禅："开恩？哈哈！你赵云当年就不应该救我！"

赵云招头望了刘禅，又伏下。

刘禅："你不知罪？对！其实你真的不知道，你救了我以后，世上都知道你赵云是好人，我是无用之人！此罪一。你为了救我，让我母亲拿命来换，逼得我母亲跳井身亡！此罪二。你救下我，到我父亲面前邀功，害得我父亲一气之下，将我摔到地下，落下终身残疾。此罪三。你为了宣扬你的功劳，逢人便说我父亲摔我是收买人心。此罪四。四大罪状，该当何处？"

赵云："皇上明察！当年为救你，情况紧急，你母亲糜夫人，不，糜皇后当年曾写下血书为证。"

刘禅："血书何在？快呈来看！"

赵云自怀里掏出糜夫人血书，让大宦官黄皓呈给刘禅。

刘禅接过一看，因年代长久，汗浸日久，字迹模糊难认。刘禅火起，大叫一声："大胆赵云，欺吾弱智，竟以此物骗朕！来人，将赵云推出去斩了！头颅悬于城门，以儆小人！"

赵云："皇上，我冤枉啊！我冤枉啊！"

刘禅："哼！君子报仇，十年未晚！"说罢拂袖而去！

诸葛孔明闻此事，大惊，急入宫，直入刘禅寝房，喝退奴婢，急奏："皇上不可这样！损一员大将无可厚非，但万不可斩了赵云，否则你会留下千古骂名啊！"

刘禅："从何谈起？"

孔明说："其实，赵云还真的救了你一命，否则你哪里当得了皇上？"

刘禅一惊，"真有其事？"

孔明："愿闻其详，先请皇上饶过赵云一命！"

刘禅："传旨，暂将赵云关押在大牢！"

孔明："这就好了，事情还是在你小时候。"便将孙权如何用计，欲使孙夫人抱着你回东吴，让先帝用荆州换你！幸亏赵云巡哨方回，听得这个消息，急忙带了四五个骑手，沿江追了十余里，跳上一只渔船，冒看中箭的危险，跳上了孙夫人的大船，从孙夫人怀中将你抢出，后幸有张飞赶来相救，才使你脱离危险。

刘禅听后，沉思不语。许久，抬头问孔明良策。孔明说："此事不可张扬，免得传讹，载入史料，留下笑柄。何不做个顺水人情！明天宴请三军将领，嘉奖赵云？"

刘禅："既然这样，愿听军师是命！"

如此，赵云侥幸逃过一劫。后子龙力斩五将，实属赎罪？

建兴六年，即刘禅登基六年后，赵云病重而死。后主闻之，放声大哭说："我当年很小，如果不是子龙叔救我，早就死于乱军之中了！"随即下诏追赠赵云为大将军。后有诗赞曰："两番扶幼主，一念答先皇。青史出忠烈，应流百世芳。"

阿斗还算是有良心的人。

赵云救阿斗，是有情之人；阿斗不像现代人忘恩负义，或恩将仇报，也是有义之人。

一个人如不能见义勇为，或在某个特定的时候不扶老携幼，不解忧排难，就失去了他的良知和人性。我们不能以被救被扶之人的言行去影响、去评判良知和人性的是与非、好与坏，这先后的秩序不能颠倒。你有良心，会报恩，我就去救你；你不报恩，反而诬赖我，我就不去扶你，这世界就有点恐怖了。据中国网载：2月17日上午10时29分，35岁的梁娅倒在深圳地铁蛇口线水湾站C出口的台阶上，全程50分钟，无人相扶施救。梁父看完监控录像后，号啕大哭，捶着桌子说："你们为什么不救我小孩？梁娅死得好惨啊！"

我们在大力弘扬中华传统美德，尊老爱幼、扶老携幼、文明守礼的时候，一不小心就会被某些奇怪的现象冲跨了本已脆弱的心理防线，事不关己，高高挂起。他们万万没有想过，也许今后自己有难需别人帮助的时候，旁边的人会怎么想，怎么看，怎么做，或者是自己呼天怨地，或者是旁人冷眼观看，或者是众人相助你渡过一劫。

当然，你最愿意的是看到后者。无论科技怎么发达，也许目前难以做到，你曾帮助过多少人，你曾微笑过多少次，你曾暗中害了多少人，做了多少蠢事，都会每天在你身上，在你额头上以电子屏幕的形式来向世人显示，告诉别人你该不该救，该不该扶，这能做到吗？

《弟子规》言："凡是人，皆须爱，天同覆，地同载。"《三字经》又言："人之初，性本善。"因此，无论世事怎样变化，世风怎样变迁，只要是人，我们都要高扬人性之旗，扶起"阿斗"，扎紧"爱"的根，筑牢"本善"之基。

（2014 年 2 月 24 日——26 日）

"救救孩子"

鲁迅先生曾痛斥封建礼教，发出"救救孩子"的呐喊。他在文章的字里行间，控诉封建礼教是"人血馒头"，是"伪君子"，是"吃人不吐骨头"的野兽。

"孩子"是容易受到感染、受到影响、受到伤害的特殊群体。成年人的一举一动、一言一行都会直接或间接地影响孩子，有的是正面的，有的是负面的。

按理说，大人们在孩子面前，应该更多地展现他积极的一面，即所谓多一点正能量，在孩子面前树立"君子"的形象。应该是先有"君子"，再有孩子，这个秩序不能搞反了。

记得20世纪90年代我初为人师的时候，一位女学生介绍自己："我姓刘，叫刘婷。因为我姓刘，所以我爸爸也姓刘。"我对她说，你搞反了，父亲和女儿的辈份、先后秩序不能颠倒。当时她瞪大眼睛，百思不得其解。

歌曲《酒干倘卖无》说："没有天哪有地？没有你哪有我？"唱得就很合理。

但现在这种不合理的事，常有发生。偶然听来，颇觉新鲜。但仔细分析一下，便感不畅。

比如，城市创文明卫生城，搞其他达标活动，有的单位聪明地倡议"小手拉大手，共创文明城"。并要求"孩子"遵守交通规则，不闯红灯，不坐非法营运车。回家以后，提醒父母大人不要乱吐口痰，不乱扔纸屑，不酒后开车，不打牌赌博，不迟到早退，不打架斗殴，尊敬长辈，孝敬父母，团结同事，工作认真……"孩子"俨然是长辈，大人似乎是幼童，俯耳称是，真是滑稽可笑！

中国人向来做什么事喜欢从"娃娃"抓起，以"娃娃"的天真、聪慧去遮掩、粉饰某些成年人的无知和愚蠢。

《三字经》言："养不教、父之过。"又有俗语："龙生龙，凤生凤，老鼠生儿会打洞。"前一句为至言，后一句有点偏激。但说明了一个道理，父母是孩子的楷模，父母的言传身教会影响孩子的一生。

我们在做某件事的时候，不能异想天开，注重形式的新颖，而违背了它的人伦常情，让懵懂的孩子稀里糊涂地去做大人的事，其结果可想而知。

所以，我们的大人应当勇于担当自己无法解决也不能推卸的责任，做好自己的事，干好大人应当干好的活，不能把自己的职责压在孩子稚嫩的肩膀上，使他在这个世界上摇摇晃晃地、头重脚轻地走着，而应让他解放出来，还璞归真，放下包袱，阳光、健康、快乐地成长。

这样，我的孩子才有希望，我们的民族才有希望。

（2014 年 2 月 27 日）

可爱的李白

李白"仗剑去国，辞亲远游"，游山玩水，广交朋友，走到哪儿，写到哪儿。有一年，当他登上黄鹤楼时，却被一道诗唬住了，才情顿消。原来，有个叫崔颢的人已在上面题了诗。诗曰："昔人已乘黄鹤去，此地空余黄鹤楼。黄鹤一去不复返，白云千载空悠悠。"李白想了半天也想不出更好的诗句，只好甘拜下风。但一想，既然来到了黄鹤楼，不写点什么于心不甘，又不能写"李太白到此一游"，于是把内心的真实想法写在崔颢的诗的后面："眼前有景道不得，崔颢题诗在上头。"含蓄地肯定了崔颢的诗写得很好，又流露出李白的纯真与可爱。

后来李白名声大振，崔颢又沾了他的光。黄鹤楼又沾了这两位诗人的光，成了中国四大名楼之一。

(2014 年 4 月 11 日)

"犬儒"论

"儒"是文人，即读书人。"犬儒"的意思我认为是"有文化的走狗"，"文化汉奸"。文人应传承文化，担当道德，以文明教化百姓，以道德规约社会。道是价值体系，德为论理规范，杰出的文人，应以他不甘示弱的强光照亮现实。他们是历史的发光体，光芒穿越千年。但"犬儒"却被人耻笑，刻在耻辱柱上，唾骂千年。

对同时代的"犬儒"，或讥或讽，或鄙或避，无与傅斯年当年处理"伪北大"教授们那样旗帜鲜明，那样畅快淋漓，那样义愤填膺，那样干脆利落，那样秋风扫落叶！

1945 年 9 月 4 日，国民政府颁令："国立北京大学校长蒋梦麟呈请辞职，准免本职，任命胡适为国立北京大学校长。胡适未到任前，由傅斯年代理。"当时，胡适还远在美国。

1937 年卢沟桥事变后，北京大学教职工与学生仓皇南下，占领北平的日军利用原北大的校舍和来不及迁运的图书设备，又成立了一个伪国立北京大学，并招生开课，对中国青年进行奴化教育。周作人和写了《商周彝器通考》的容庚等都在伪北大当教授。

具有极强烈的民族主义情绪的傅代校长，向来最痛恨不讲民族气节的儒生文士，请看他的态度。

1945 年 10 月底，傅由重庆飞往北平处理北大事宜。一下飞机就表示伪校教职员坚决不予录用，全部都要屎壳郎搬家——滚蛋！对与伪校有交往的人，"汉贼不两立，连握手都不应该"！

1945 年 12 月 8 日，傅于重庆对记者发表长篇谈话，发表了四点严正声明，北大有绝对自由，不聘请任何伪校伪组织之人任教。无论现在将来，北大都不容伪校伪组织的人插足其间。他对记者说，"我的职责是想尽一切办法让北大保持一个干干净净的身子！正是非，辨忠奸。"

傅对周作人、容庚之流的巧言诡辩，嗤之以鼻，毫不妥协。

1937年北平沦陷后，周作人幻想在北平隐居下来，脱于红尘之外，以教书、写作、翻译为生，但迫于日本人的威压，恐惊中接受伪北京大学图书馆馆长一职。后又被委任为北大文学院筹备员，日伪华北综合调查所副理事等职，他出席各种教育会议、讲义班、训练班，逢会必讲"善邻友好、共同防共、经济提携"，为日本侵略者的"大东亚共荣圈"造舆论，他还戴日本军帽，身着日本军装，志得意满地在国人面前晃来晃去，活脱一副"犬儒"面目。

周向傅求饶。傅说，周作人原来享有声望，如今甘心附逆，自不可恕。周于1945年12月6日，因汉奸罪被捕入狱。1947年12月9日，最高法院认为周意志薄弱，变节附逆，判有期徒刑10年。1967年5月6日，周猝病而亡。

对容庚，傅更是表现出梁山豪情。当容庚找到重庆傅理论时，傅拍案大骂："你这个民族败类，无耻汉奸，快滚！快滚！不用见我！"当场命人将容氏按倒在地架了出去，扔到了泥泞遍布的马路上。后容氏重新换了衣服，再度登门谢罪，表示要重新做人，傅才勉强接见，但仍不允其到北大任教。后容托李宗仁的关系，转聘于岭南大学，终其一生，再也没能迈进北京大学的门槛。

"草拂之而色变，木遭之而叶脱。其所以摧败零落者，乃其一气之馀烈"，欧阳修的《秋声赋》，正好符合傅像一名斗士，以秋风扫落叶式的无情做法，决不为北大留下劣根！

我们真佩服傅斯年作为文人的骨气和魄力！

其实，作为读书人，我们也为许多有骨气的文人感动过。

屈原，不谙权谋术，不退缩，不迂回，不妥协，不折不挠，他披头散发徘徊于大江之畔，投江而尽，他把政治和理想，保存在文化的基因之中。

陶渊明，"不戚戚于贫贱，不汲汲于富贵"。不为五斗米折腰，脱下官服，如释重负，"载欣载奔"。古往今来，数不清的文人每当吟诵《归去来辞》和《五柳先生传》等篇，都能激起共鸣。

李白，一辈子都处于高度兴奋状态的男人，仅《新唐书》中"白常侍帝，醉，使高力士脱靴。力士素贵，耻之"。这句话，就树立了李白高大威猛的形象："安能摧眉折腰事权贵，使我不得开心颜！"

还有"留取丹心照汗青"的文天祥，"要留清白在人间"的于谦，"骨头是最硬的"鲁迅……

从屈原到鲁迅，这些都是正人君子。正人的文气与浩然骨气是相通的，历代的一流文人，没有一个是小人。

尽管文人几乎无一例外地也要奔官场，走仕途，图名分，但他们由于坚持个性，坚持为美政在先，往往失意在后。不坚持就没有失意。所以，有骨气的文人几乎是失意的代名词。

有的文人，即没有骨气的文人即"犬儒"，是什么样子的呢？他们不是血性汉子，拿信念、原则与个性去做交易，是政客、小人和市侩！

还是讲周作人。周下水，非一朝一夕所形成，与他存留于脑海中的亚洲主义思想、"亡国论"思想，以及他对日本民族的感情密不可分。抗战前夕，周就写了《岳飞与秦桧》《关于英雄崇拜》之类的文章，公然为秦桧翻案，否定了主战的岳飞为忠义之臣、秦桧主和为奸相的历史论断。在《苦茶随笔》中，他居然嘲讽文天祥的殉国，"我不希望中国再出文天祥第二……"这为他自己落水成为汉奸找到了理论根据。

丧家之犬可怕。但"犬儒"尤为可憎，可恶。他们往往露出温和的笑脸，慢条斯理地大谈理论、观点，不知不觉中颠倒了黑白，混淆了视听，歪曲了是非。人们在附和中失去了判断，失去了方向，变得麻木不仁。"犬儒"之害，胜过毒品。

俗话说，"不怕流氓打架，就怕流氓有文化"，《资治通鉴》中言："君子挟才以为善，小人挟才以为恶。挟才以为善者，善无不至矣；挟才以为恶者，恶亦无不至矣。愚者虽欲为不善，智不能周，力不能胜，譬如乳狗搏人，人得而制之。小人智足以遂其奸，勇足以决其暴，是虎而翼者也，其为害岂不多哉！"成语"为虎傅翼""为虎作伥"之意正是如此！

"从孔子、老子、庄子、屈子到鲁迅先生，中国历代文人实实在在是个百折不挠、可歌可泣的群体，是传承华夏文明的主力军，是承受着国家苦难的勇士，是美的揭示者，是自然律动的倾听者，是封建强权的反抗者，是生活世界的洞悉者——中国文人的生存姿态、生存向度，对当下的中国人明明白白是个精神指引。"（《品中国文人》下）

当下中国真的被先贤圣哲的精神指引了吗？不见得！一些有点文化的人，不知不觉地成为了"犬儒"！

时下中国正处于改革开放的关键时刻，也是民族振兴的辉煌时刻，虽然没有了列强的入侵，但我认为中国正处于危机之中，因为，我们在一些"犬儒"人言谈中，失去了信念，失去了自信力；我们在"犬儒"的诡辩中，变得更鄙俗，变得更无聊；我们在"犬儒"的影响下，成了"看客"，甚至为恐怖叫好喝彩！他们崇洋媚外，他们煽风点火，他们捕风捉影，他们信口开河，他们坐着铁椅子，端着金饭碗，却牢骚满腹，怨声载道，天天骂娘。对国外所谓的政权、理念、法律、风俗津津乐道，对国内的一切都看不惯，大放厥词。

"犬儒"又俗称"吹鼓手"。如果"吹鼓手"起错了音，吹走了调，就有很多无辜的、无知者莫名其妙地跟着附和、起哄、呐喊，最终成为牺牲品！

于是"秦火火"之流火了。

"记者"多成为"敲诈犯"。

于是去年传播垃圾短信有2千亿条之多。

于是美国大片火了。

"地沟油"剧多了。

在当今，我们似乎无法做到像傅斯年当年痛斥"犬儒"，那样秋风扫落叶，为北大清理门户。但是，作为文人，作为一般的读书人，我们更应当在狂躁之余，在冷静之中，扪心自问，反醒自己，清理自己内心之中，角落之中的杂念和幻想，淡定地看待世界的人和物，不盲从、不附和、不应声、不作伥、不起哄。这也应了我以前写过的一句话："宁为白丁，莫做犬儒。"

（2014 年 4 月 12 日）

"伊妹儿"智商 PM2.5

这是一个随手撮合的标题。如果全部用英文来表述，即"E—mail IQ PM2.5。

今看《参考消息》（2014.5.2）上《外来词"入侵"汉语引担忧》一文有点想法。

每种语言都有它的外来词，随着不断推进的全球整合的影响，吸纳外来词也是一种进步的标志。

外来词的使用不外两种形式。

一是经专家、专业人员翻译成通俗易懂、易读、易记的汉字，通过权威部门正式发布，使用。如"AIDS"，译成"艾滋病"；一些是缩写，如"IQ"（智商），IT（信息技术）、"WHO"（世界卫生组织）等。其实，我们日常使用的化工产品、药品的汉语名称，也是如此使用的。如果用它们的分子式、学名来叫呼，使用汉语的人个个会头痛不已，头昏眼花，提笔忘字了。

对外国国名的翻译，也表现了中国人的才智和友好。比如"日本"，你不是"太阳旗"吗？叫"日本"恰如其分；比如"美国""英国"等，就像给自己的儿子取名字，寄托了美好的祝愿。再比如"诺基亚""摩托罗拉"，虽不能望文生义，但音译过来也不错，叫多了就顺口了，理解是什么意思了。最有趣的是"E—mail"，译成"伊妹儿"，顿显它的活泼可爱了。但后来改用"电邮"了，就呆板多了。

二是"零翻译"，信手拈来，堂皇用之。如"WIFI、CEO、MBA、CBD、WIP、PM2.5"等外来词不经翻译直接使用。其他的如"iPhone、iPad"等在汉语中却要夹杂大量的英文，以示"洋滨泾"，充斯文，冒洋气！

杂谈

产生这种原因的是语言专家的"懒惰"，还有外语翻译人才的匮乏。最主要的是，这些专家，翻译人才对自己母语缺乏敬畏之心，呵护之情！

从去年开始，中央电视台搞了一个"汉字听写大会"节目，引得国人和华人赞许不已。今年又搞了一个"成语大赛"，同样调动了人们的热情。据说，从2016年起，北京市中、高考语文将增加30分，总分为180分，其他省市也将陆续出台相关政策。这无疑是件大好事。但我想，如果仅靠小选手们和中小学生来纯洁地使用祖国的语言文字，而一些语言专家、人才却"偷懒"，不经翻译地带头使用外来词，使社会用语"中外合资"、鱼目混珠，那么，上海滩上的"洋滨泾"语言便会流行开来。赵本山的小品中的台词"哈喽，饭已古得啰，下楼咪西吧"，也会在日常生活中充耳可闻了。

我要表述的是，从其他语言中借用词语是一种健康进步的现象。但规范地吸收外来词和尽可能地使用其中文译名，力求达到如翻译古汉语的"信、雅、达"，应是十分必要的。万万不要像当年引进外来物种"水葫芦"一样，不经试验，仓促推广，使得全中国大江小河，泛滥成灾，后患无穷。

（2014年5月6日）

道德几何？

日前，全国各省区已正式对外公布了高考加分新政。大部分省区对"思想品德""见义勇为"等从加 10 分到加 20 分不等，此举一出，哗然一片。

究其原因，不外有三。

其一，将"道德"与"分数"一锅烩，多少使人怀疑让道德染上了一丝功利的色彩。

其二，品德之高下很难有统一具体的丈量标准。公众担忧该项政策的公正与公平性。比如"拾金不昧"与"扶老人过马路"，谁高谁低？

其三，一些地区曾出现过的乱加分现象，使得公众仍心有余悸。

高中教育的任务是为高校输送合格人才，同时为社会培养合格劳动者。前一个"合格"，还不能称"德才兼备"之人才，因为，通过高中三年，延伸至初中、小学等十几年的学习期间，通过教师的言传身教，学生初步明是非，知荣辱了，至少在全国庞大的中学生人群中，犯罪率是极低的，也就是说，绝大部分高中生是"合格"的。如果一位高中生，刻意地而不是自发地即非常有目的性地去有意为之，他就不是高尚道德的自然外化，是"道德缺失"，加分就失去了任何意义，负面影响也大，此生的心理阴影也大。

高考的指挥棒的作用，大多被人为夸大，或误解。如果高考是一个十字路口的红绿灯，考生是开车的或是路人，你能保证这个时刻做到不闯红灯，不扣分，但你能保证下一个路口也能这样么？考取复旦大学的学生是合格、优秀学生么？为什么他会去投毒杀室友呢？你难道还去追究高中、初中、小学教师没有去教育好么？

"教书育人""立德树人"是教育的根本任务，也是教师的天职。但怎样"在孩子心灵深处构筑强大的理想和道德支撑"，并不是教师的专职，而是每位家长、每个家庭、整个社会的责任。"纨绔弟子""寒门败类""富二代""啃老族""宅男""剩女"，这些字眼，都从另一个侧面印证了"道德沦丧"和"道德正义"的纷繁世界。

当然，给道德加分，激发正能量，是一个好事。但在政策执行过程中，应建立健全一套客观公正、操作性强的配套、考评、论证制度，尽可能压缩人为操作与权力寻租的空间。同时，更应加强过程考量，将它纳入高中综合评价体系。还应相信校长和班主任的公信力。通过加分，唤醒道德，实现让学生真正将道德内化于心，外化于形的目标。

（2014 年 5 月 31 日）

大事小节论

有则名联，曰："家事国事天下事，事事关心；风声雨声读书声，声声入耳。"此联更是告诫读书人，不要"两耳不闻窗外事，一心只读圣贤书"。

但我认为，此联上联颇有哲理性，它把"事"的大小很有逻辑地排列出来：先有家，再有国，后有天下；没有家，何有国家，谈何天下？所以，"抗美援朝，保家卫国"的口号深得民心。

为国家大事可以抛头颅、洒鲜血，废寝忘食，鞠躬尽瘁，死而后已。为家族小事呢？近几年，一首《常回家看看》的歌，引起了不少共鸣。"公益广告"中也播了几则"老年痴呆"的父亲哄儿子、骗女儿的感人情节。还有一个小品，讲述的是父亲以生了重病、患了脑萎缩症为借口来骗儿女们回来给他自己过生日的故事。这就使人不明白，看望父母、长辈，做儿女的就有那么难么？有没有更好的办法？

古人自有妙法。有古文曰："卫公子开方仕齐，十年不归。管仲以其不怀其亲，安能爱君，不可以为相。是以求忠臣，必于孝子之门。"（见赵蕤《长短经》）

这句话的意思是说，卫国的一位叫开方的贵族，在齐国做官，十年都没有请假回到卫国去。因此，管仲把他开除了。理由是说，开方在齐国做了十年的官，从来没有请假回去看望父母，像这样连自己父母都不爱的人，怎么会爱自己的老板？怎能为相？能够对父母有感情，才能对朋友有感情，也才能对社会、对国家有感情。

所以，在某种意义上说，家庭小事也是大事。处理大事，也不仅仅是简单地做孝子，陪母伴父，还有一个"小节"问题，即个人"修养""素质"等问题。饱读经书，学富五车，满腹经纶，就可以"指点江山"么？

杂谈

175

也不尽然！

有一则古代故事是这样讲的，晋朝有名的大臣陶侃，做过都督，江南的政权都操纵在他手里。那时正需要人才，有人向他推荐了一个青年，说他读了很多书，很有才华。陶侃决定自己还是去看看。进屋一看，只见这个青年住在一个小房间里，满屋的书画。但仔细一瞧，这个青年睡的被子好像三年没有洗过，头发又乱又长，房间里弥漫着一股怪怪的气味。陶一言不发，转身便走了。然后他对推荐人说，这个青年"乱头仰望，自称宏达"，结果连一个自己的小房间都整理不好，自己也蓬头垢面的，恐怕是无真才实学，国家天下大事，我不相信他能管理好。这就应了一句古话，"一屋不扫，何以扫天下"？也应了一句管理上的一句名言，"细节决定成败"！

"一屋"即"家"也，"细节"即"小节"也，如果将上述两则小故事，以正面的角度去演绎，就会得出很好的结果：读了很多书，很有才华的开方，自己家里收拾得干干净净，物品摆放井然，身着整洁大方，头发、胡子每天整理得清清爽爽。每逢节日、假期，或重要时候，比如父母大寿，便告假还乡，携妻儿回老家与父母团聚，煮酒品茗，荷锄弄蔬，共享天伦之乐。同事甚为赞赏，上级也极为欣赏，过了几年，开方便是齐国的宰相了。

"小节"不仅仅是"小民"应注意的，古代的皇帝也十分注意，以"小节"来维护尊严和威严。

杨阜是三国时魏人，因有功，封为关内候。有一天，他看到魏明帝（曹叡），穿了一件便服，而且吊儿郎当。他很礼貌地告诉魏明帝，穿这样的衣服不合礼仪，弄得皇帝脸都绿了，但无话可说，回去换好衣服后，再来合议国事。

又据清朝的实录记载，清皇帝的内廷，有一个祖宗的规定，皇帝每天早晨起来，一定要先读先朝的实录，学习祖先处理政事的经历。又载，康熙自七岁登基，六十年的皇帝当下来，一天到晚忙得不得了，即使他一个人在房里的时候，也从来没有把头上戴的礼帽（皇冠）摘下来，龙袍也从未脱过。万人之上的皇帝，几十年如一日，自己就如此严格地约束自己。

或许有人会说，如此严格要求自己，衣冠不整，不能提拔，不去探望父母，还要被开除，实在为难。但我认为，稍加努力，便是易事。如今，行政机关实行朝九晚五上班作息制度，照此一来，每天早晨（上午）硬是多了一个小时。一个小时之内，除了以往的做早饭、买早点、洗衣、送小孩上学的惯例家务事之外，抹茶几、擦桌子，拖地板等杂务，在一个小时之内，还不搞得窗明几净？物品摆放整整齐齐？打扮得眉清目秀？

　　再说探望父母，现在交通发达，节假日也多，加上一周又多出半天时间来，再忙、再远，探望父母的时间是可以有的。不去，有种种理由和借口，但那都是"美丽的谎言"！

　　总而言之，"家事"也是"国事"，"小节"即是"大事"！

（2016 年 4 月 1 日）

三乐之行

前　言

　　2008 年 1 月，我调任乐平三中校长。"领导苦干、教师苦教、学生苦学"的"三苦"精神，一直激励着历届三中师生。我认为三中应成为师生快乐的地方，"领导乐干、教师乐教、学生乐学"这应是"三乐"的本义，"以苦为乐"，"乐在其中"，这才不失教育的本源。2008 年秋，特置巨石，立校门之侧，上刻"三乐园"，取《孟子》"三乐"之义，勒石以记。

　　此后，借学校被省政府评为省重点中学之东风，为提升师生精气神，丰富学校文化内涵，从校名、校歌、校徽、校服、校建、社团建设，文体活动，重大节日的仪式等方面，我做了认真的探究和有趣的实践，收获了很多快乐！

三乐园之歌（校歌歌词）

你从乐安河边来，
我从山历崛山里来，
我们相聚在斗风源，
这里是我们的乐园。
博学慎思，明辨笃行，
实现人生梦想。
同桌的你，
同窗的你，
无论你走到哪里，
我将把友情珍藏永远！

你从磻溪河边来，
我从凤凰山里来，
我们相逢在三乐园，
这里是我们的家园。
知类通达，弘道养正，
伴随理想远航。
眼里的你，
心中的你，
无论你飞向何方，
我会把真情祝福永远！

有关名词解释

乐安河：发源于婺源县婺水，与来自德兴的洎水在洺口镇戴村汇合后始名乐安河，流经万年县与鄱阳县，注入鄱阳湖。全长279公里，流域总面积为9615平方公里。本市境内长83.2公里，流域面积为1944平方公里。其为我市最长的一条河流，被誉为母亲河。

磻溪河：发源于塔前镇月形山，至鸣山东麓注入乐安河。全长45公里，流域面积311平方公里。原为市区自来水主要取水源。

山历崌山：位于本市境内东北部。主峰海拔789.2米，为本市最高山峰。1981年，乐平三中创办于山历崌山麓。1983选新址斗风源。1984年迁入现址。

凤凰山：位于市之东南众埠镇境内建节水旁。山上早建有凤凰山寺庙。1958年，在鸬鹚乡内阳台山建有国营凤凰山垦殖场。

"两山二河"，为乐平名山大河，泛指乐平各地。

斗风源：指三中北面天湖，原名斗风源水库。

"博学之，审问之，慎思之，明辨之，笃行之"：引自《中庸·第二十章》，历为劝学名言，广博地学习，详尽地探讨，缜密地思考，明晰地辨明是非，切实地去行为，总结了学者学、问、思、辩、行的治学途径。

"知类通达"：引自《礼记·学记》："古之教者，家有塾，党有庠，术有序，国有学。比年入学，中年考校。一年视离经辨志，三年视敬业乐群，五年视博习亲师，七年视论学取友，谓之小成。九年知类通达，强立而不反，谓之大成。夫然后足以化民易俗，近者说服而远者怀之，此大学之道也。"今取"知类通达"一句，意为推广其知以辨事类，通所知以达于行。简言之为举一反三，触类旁通，方能成就大业，达到化民易俗、近服远怀之"道"的目的。

"弘道"：《论语·卫灵公篇第十五》中云："人能弘道，非道弘人。"古往今来，对"道"（人心、人性、人情）的发扬光大，乃人的天职，"文以载道"，"弘道"是教育事业的天职。

"养正"：《易经·蒙》曰："蒙以养正，圣功也。"蒙，指发蒙，又指启蒙。旧时指教少年、儿童开始识字读书；养正，是指培养学生端正的心性及行为，是功德无量的事。

三乐：指"领导乐干、教师乐教、学生乐学"之精神，简称"三乐"精神，又意为三中为师生快乐的地方。

又引《孟子·尽心上》曰："君子有三乐，而王天下不与存焉。父母俱存，兄弟无故，一乐也；仰不愧于天，俯不怍于人，二乐也；得天下英才而教育之，三乐也。君子有三乐，而王天下不与存焉。"

2008年，购巨石立于校门之侧，上题"三乐园"，并将此文刻碑铭记于旁。2011年，江西省高考作文以此为题。今特以"三乐园"为校歌之名。

"三乐园" 碑记

孟子曰："君子有三乐，而王天下不与存焉。父母俱存，兄弟无故，一乐也。仰不愧于天，俯不怍于人，二乐也。得天下英才而教育之，三乐也。"

三乐园，取此义也。

（2008 年秋）

《谷雨诗集》序

五千多年前的一天，黄帝的史官——仓颉依照星斗的排列，山川的走势，龟背的裂纹，鸟兽的足迹，造出了我国最早的象形文字。"仓颉造字，而天雨粟，鬼夜哭。"上天为生民贺喜，降下谷子，故人们把这天叫作"谷雨"，并在每一年的这一天，祭祀仓颉，感谢他创造了文字，使文明得以延续。

祭祀的形式很多。文人多在这一天，择一住处，以诗会友，举行"谷雨诗会"。

我校首届"谷雨诗会"，得到了许多诗歌爱好者的积极响应。因谷雨恰逢期中考试，特于 4 月 24 日下午在风景如画的天湖公园举行了"乐平三中谷雨诗会"。青春的风采给天湖公园增添了一道美丽的风景。

现将获奖诗歌特辟专刊刊出，以飨读者。

(2010 年 4 月)

《学生优秀作文选》序

记得小时候，大约是读小学三年级，我在家乡余干小街上看到过一则修理钟表的广告。一块白布用图钉别在一张小方桌的腿上，白布上用浅红颜色的墨水工整地写着"精修各国新老钟表"。

几十年来，我看过、听过无数个电视、报刊上的诱人的广告，但总认为没有那则修理钟表的师傅写的广告实在、大气、精炼。我也曾多次试将"精修各国新老钟表"之中的八个字中某一个字换动，但至今都没有找到合适的字眼！

我一直在想，那个坐在小方桌边，静静地在玻璃罩里精修各国新老钟表的师傅，一定是个读了书的人，说不定读到了高中毕业。凭着这几个字的广告，就已显示了他精炼的文字功底。如果不修理钟表，他今天或许是个文人，但绝不是一个酸臭的文人。

汉语实在很精致。比如，汉语中"一条壮汉，站在一张八仙桌边，一只脚踏在长凳上，扯下一块牛肉，撕咬了一嘴；端起一口大海碗，头一昂，喝下了一碗酒。他把碗朝桌子一掷，宝剑一拍，一脸红光，对酒保大吼一声：'再切一斤牛肉！再上一坛酒来！'"如果把它翻译成外文，文中的"一条、一张、一只、一块、一嘴、一口、一昂、一碗、一掷、一拍、一脸、一声、一斤、一坛"等量词的翻译都可能没有汉语这样精致、生动、活泼。

汉语更是一个充满魔力的语言。几千年来，无论民族怎样争斗，无论人们怎样厮杀，最后都在汉语的魔力下和和气气、团团圆圆！在历史长河里，先人创造了很多文明，也创造了很多鸿篇巨著，我们历代推崇的"四大名著"就是杰出代表。据说位四大名著之首的《红楼梦》后四十回非曹雪芹所作，而是另人所续。我在惊叹曹雪芹之才外，更感叹于后四十回的作者！他竟能秉承曹雪芹的灵气、才气，写出这样精美的文章！

没有经典的民族是一种悲哀。在当今浮躁的年代里，键盘上永远打不出"红楼梦"来。快餐时代，充斥着低俗的快餐文化。对一个高中生来说，充满了各种诱惑，也充满了各种考验！按理说，从牙牙学语，到三年级作文，耳闻目睹、耳濡目染，读了十几年的范文经典，应该能写出一手像样的字，说出一口像样的话，也应该写出一篇像样的文章！而不应该是每到作文，憋出很多时间，歪歪扭扭才挤出满篇不知所云的"无中生有，无病呻吟，无的放矢"的"三无"产品！这真有悖于"语文"之义。从表意上看，"语文"即"语言文（字）学"；从拆字义讲，"语文"——"言吾文"，就是"说自己话的文章"！

基于对母语的敬重，忧于当今高中生写作的现状，虑于高中生今后生存的需要，我们聘请了学校部分语文老师，从学生来稿中，从校报上，从作文本上，遴选出比较优秀的习作，整理成册。通览过后，备感欣慰。现刊印成册，其目的有二，一是奇文共享，孰优孰劣，读者自有评说，故我在此不好赘言妄论；二是希望我们的学生今后能在某个特定条件下，将自己特殊的情感，用比较精炼、精致或者精美的文字真实地记录下来，丰富、充实我们的人生。

是为序。

(2010 年 10 月)

观其楼记

　　1981年秋，原乐平县共产主义劳动大学改名为乐平三中，汪观其先生任校长。1983年8月，选定乐平城北斗风源兴建新校。1984年暑期，乐平三中迁入现址。

　　"参天之木，必有其根；入海之水，必有其源。"为让历代学子铭记学校之历史和先贤之业绩，特将此教学大楼以首任校长汪观其先生名字命名。

　　"观其楼"由中国书法家董卫平先生题写。

（2011年10月）

三乐之行

贺　信

尊敬的屠呦呦先生：

欣闻您荣获 2015 年度诺贝尔生理学或医学奖，我代表全校师生特向您表示热烈的祝贺！

中国应当对人类有较大的贡献。几十年来，您始终坚守这一信念，不计荣辱，无论是非，默默地在中医学宝库中挖掘宝藏。您以独特的眼光和灵感发现了青蒿的抗疟作用，并以超常的毅力发明了抗疟新药青蒿素，得到了世界医学界的认可和使用，挽救了数以百万计人的生命。您的贡献，再次证明了科学是神圣的、崇高的。

鹿鸣德音孔昭，"中国小草"常青。正如莫言先生获奖后一样，您的殊荣，再次刺激了全国人民的热情，也极大地鼓舞了我校师生。我们要以您为榜样，努力工作，好好学习，为服务民众、报效祖国做出自己的贡献。

敬祝

祺康！

乐平市第三中学　张敏胜

二〇一五年十月十日

让"新星"冉冉升起！

——在"新星"文学社成立大会上的讲话

各位文学爱好者、各位文友：大家好！

今天，乐平三中"新星"文学社成立了！我谨代表学校和一个老文学爱好者向你们表示诚挚的问候！向新当选的"新星"文学社的领导们表示热烈的祝贺！

成立"新星"文学社，是一种奢求。在乐平三中的历史上，"新星"文学社是一种文化、精神的传承。"新星"文学社曾是一个值得荣耀的名字，一个值得骄傲的名字。时隔多年，我们今天复社，就是要传承它的精神，就是要彰显高贵的气质，培养高尚的情操，抒写高雅的文章！乐平三中多年来一直致力于实现学生的"文学梦"，坚持《新星》校报的出版、发行，坚持让学生主持宣传广播，坚持让学生主持大型集会、文艺演出，坚持开展丰富多彩的文体活动。但这一切，似乎还少了什么。因为一大批文学爱好者，他们没有自己的组织，没有自己的团体，不能及时地有效地交流沟通，互相学习，共同提高。今天，这个组织成立了，我们的奢求也就实现了！

参加"新星文学社"是一种奢侈。在社会快速发展的今天，我们似乎走得太快，人人都似乎是一个匆匆的过客，我们来不及回首，来不及回忆，更来不及抒发、记录自己在高中三年、在人生之中的所想、所悟、所感。现在重提文学，爱好文学，写点小诗散文，似乎与社会格格不入，旁人也许会用异样的眼光看待你，甚至怀疑你脑子是不是有问题。但是，作为一个高中生，读了十几年的书，看了这么多文章，还不能用自己的语言去真实地表达自己的感情，那是件多么遗憾的事啊！也证明自己并不是一个合格的高中生。中华历史源远流长，汉字表达丰富多彩，能在历史长河里做一朵小小的浪花，激扬文字，指点江山，这是一生值得拥有的奢侈。

做一个文学爱好者是一种奢望。读书、写作，这是人生的基本功，也是一种必备的素质，能有一种自己的爱好，可以使人终生受益。爱好文学，我们可以欣赏，可以交流，可以有良师益友，可以在一个圈子里有共同的语言。"话不投机半句多"，那是多么尴尬的事情啊！"与君一席话，胜读十年书"，那是多么愉快的事情啊！做一个文学爱好者，在追求功利、浮躁起哄的年代，我们要有自己的一份淡定，一份坚守，一份信念。当然，我并不是说所有的人都能成为大师，成为文学家。但是，我们比别人多一种爱好，就会给自己的人生多装饰一份色彩。

各位文友，我曾经说过，在电脑上打不出《红楼梦》来。这是告诉你们，必须想办法，挤时间，去阅读，去旅游，去发现，去思考，去记录，去写作。"世事洞明皆学问"，就是这个道理。以为读了几本书，就可以去当一个作家，这是白日做梦！以为在网络、在手机上发表了几篇小文、小诗，就可以成名成才，这也是痴人说梦。厚积才能薄发，集腋方可成裘。文学道路上不可能一蹴而就，也不可能一夜成名。否则，也是过眼云烟，留不下半点痕迹。

作为乐平三中的文学社员，作为乐平三中的学生，目前我们主要的任务是把组织建立起来，把活动开展起来，把兴趣激发起来，把"新星"报丰富起来！

现在，"新星"的旗帜已高高地飘扬起来了。我希望，乐平三中的师生，要用自己的智慧和才能，用自己的精神和勇气，让"新星"冉冉升起，让我们的旗帜高高飘扬在神圣的纯洁的文坛之上！

谢谢大家！

（2015 年 12 月 25 日）

三乐之园

乐平市第三中学专题片解说词

你从乐安河边来，我从历居山里来。我们相聚在江西省乐平市第三中学，这里是我们的三乐之园。(推出片名)

创办于1981年的乐平三中，1984年从边远的历居山小村，搬迁至现在的天湖公园旁。

"艰难困苦，玉汝于成。"30多年来，乐平三中历代师生不畏艰难，勇于开拓，奋发图强，描绘宏图。昔日的黄土高坡，变成了布局合理、功能齐全、绿树成荫、芳草如茵的花园式学校。

从景德镇市重点中学，到江西省重点建设学校，再到江西省重点中学，每一次破茧，每一次涅槃，乐平三中历届师生都获得了重生，获得了腾飞。

要重生，需要坚守；要腾飞，需要动力。"教书是第一要务，育人为永恒主题"、"牢记一份职责，珍惜一个岗位，奉献一片爱心，干出一番事业"，这是我们对事业的坚守！"学生乐学，教师乐教，领导乐干"，这就是"三乐"精神，是我们腾飞的动力。

2009年4月，乐平三中晋升为省重点中学后，面对新的发展机遇和挑战，学校审时度势，提出了"管理立校、质量兴校、品牌强校、特色扬校"的全新办学理念，建立和完善了一系列评估、奖励、分配制度，加大了对教育教学细节、过程的指导和评比，加强了听课、比武、竞赛、教研、考试等活动的督导和检查，使常规工作落到了实处，质量之基得到了夯实，培养并打造出了一支结构合理、师德高尚、经验丰富、矢志改革的新型教师队伍。

　　为拓展办学路子，充分挖掘学生的学习潜能，学校先后与三人画室、亚君音乐学校联合开办了美术、音乐特长班，还组建了多个体育特长班，建立了多个兴趣小组和社团，为莘莘学子发挥个性、激发兴趣、展示特长搭建了宽阔的舞台。

　　高中教育，不仅仅是升学的教育，更是为人生奠基、敬爱生命的教育，是培养品质公民、促进师生精神完整成长的教育。我们的师生，应有成为中华民族脊梁的追求！身心应是健康的，举止应是优雅的，气质应是高雅的，灵魂应是高贵的，情感应是丰富的，智慧应是多元的。用高尚的价值观照亮校园，用高贵的品行赢得社会地位，就可以尊严而优雅地面对各种挫折和考验。"得天下英才而教育之"，这是"三乐"的最高奖赏。

　　博学慎思，明辨笃行。每一间教室，每一节课，都是灵犀相通，智慧交流；每一座建筑，每一个景点，都讲究整体的和谐，人文与自然的相映成趣；每一块奇石，每一棵花草都浸润着感恩、礼让、勤学、惜时等励志元素。三乐之园，犹如一幅迷人的立体画卷，陶冶着师生的情操。

　　知类通达，弘道养正。从校内到校外，从显性到隐性，从德智到体艺，学校全方位为师生的全面发展搭建了文化活动平台，校运会、军训、艺术节、读书月、谷雨诗会、唱响国歌、成人仪式、新年联欢会、书画摄影展、校服秀、篮球赛、篮球宝贝选秀、足球赛等富有青春和艺术气息的各类文体活动，既充分展示了师生的才智，又彰显了师生高贵的精神，为学校的迅速发展注入了强劲的动力和活力。

　　桃李不言自成蹊，三乐园里尽朝晖。乐平三中坚持改革创新，以人为本，不断提升办学品位，丰富办学内涵，彰显办学特色，提高办学质量，学校连续多届被评为江西省"文明单位"，并荣获江西省教育系统"规范管理年"活动先进集体、"江西省安全文明校园"、"江西省校园文化特色学校"等多个省、市级荣誉称号。

　　你从磻溪河边来，我从凤凰山里来。一年又一年，一届又一届，历经春夏秋冬，品味苦辣酸甜，我们无怨无悔！面对教育改革的新形势、新考验，面对学生的新理想、新期待，乐平三中将以更高昂的激情，更务实的精神，更创新的思路，更明智的行动，搭乘学生的梦想，让自豪和理想扬帆远航！

（2015 年 12 月）

编者的话

——乐平三中《学生手册》前言

　　这个《学生手册》共分三个部分。

　　第一个部分是从有关法律节选的相关法律条款。遵纪守法，方可安身立命。

　　第二个部分是我在 2013 年暑假的某一天一口气写的给高中学生的"小建议"。媒体上，父亲给女儿，母亲给儿子，老师给学生，有识之士给晚辈、给同辈都有很多很好的大建议。值得欣慰的是，我的这个"小建议"，有些话题竟然与心理学的某些观点不谋而合！有些仍感辞不达意，仅供参考。

　　第三个部分是我在 2016 年上半年的空闲时间，特意从美国心理学家南希·科布所著的《青春期心理手册》中摘录的一些章句，暑期作了整理。本书再版多次，是一本有趣的、信息丰富的教材。将一本书压缩成纲领条文，又不失原意，是考验意志和才智的有趣尝试。本想分"青少年（学生）"、"家庭（家长）"、"学校（社区）"三个部分整理，但考虑到阅读的轻松，还是基本依照原书排列的先后次序安排了条文，与大家分享。

　　青春期是从儿童期走向成人期的重要过渡时期。这是一个最神秘、最神奇的时期。高中生恰逢此时！此间，他们的生理、心理、情感、思想都发生着急剧的变化。他们的行为、举止已经开始与社会道德、法制发生关系，开始走向社会化；他们正是求学艰苦阶段，从学习习惯、方法、能力上都会遇到新问题。人的每一个成长阶段都会出现不同的危机，面对不同的发展任务。如果青春期自我成长和外界的支持结合得越好，对青少年成长越有利。"知己"、"知彼"，才能更好地了解学生的躁动和叛逆、敏感和迷茫。

教师、家长如何陪伴学生一起走过青春期，度过高中生活的美好时期？了解是教育的前提。建立在了解基础上的理解，才有可能找到最有价值的帮助学生成长的方法。故本书名《学生手册》

编　者

2016 年暑期于三乐园

给高中学生的小建议

1、"一日之计在于晨"的意思为，每天早晨起床、穿衣、上厕所、刷牙、洗脸、吃饭、上学，总的时间是相对稳定的。如果你在某一个环节耽误了一点时间，势必影响后一个环节，影响心情，影响学习。

2、学习如打仗！要学会在学科老师的指导下，迅速而科学地调整自己的学习方法、学习技巧，进入进攻的阵地。

3、每一个学习阶段都要确定自己的学习目的、学习目标，以及在班级、在年级的位置。

4、青春、阳光、纯静是你在高中阶段的骄傲。过分地注意衣饰打扮，会容易产生攀比、虚荣心理，会极大分散学习的注意力、专注力。

5、在有限的时间段里发挥效益，是一种技巧，一种能力，学得也很轻松，这就叫事半功倍。

6、注重课堂效益。老师为讲课做了精心准备，你听到了，听懂了，就会做了，就轻松了。课外去补课、请家教，实在费时、费钱，得不偿失。

7、你几乎没有任何理由说，老师不适合我，或我听不懂老师讲课。要学会向老师、同学请教，这就叫学问。

8、保证一定的睡眠时间。中午饭后，你要学会休息一时片刻，即使假寐，也能闭目养神。

9、经得起各种诱惑。爹亲娘亲不如手机亲，你好我好不如上网好，这是高中生的恶习！要坚决克服上课玩手机、课后上网的陋习。

10、上课讲话、做小动作是一种缺德行为。因为你的一言一行、一举一动，不但会影响同学，还会严重干扰老师上课的效率。

11、保持好、珍惜好同班同学的感情。因为若干年后，你主要记得高中同学，见面最多的也是高中同学。

12、不要给同学起什么"绰号""外号"，这样会给某个同学一生带来自卑或心理阴影，对同学感情是一种极大的伤害。

13、帮同学、老师做点事是应该的。你要自然地做一件感动同学的事，老师、同学会对你另眼相看。

14、除非生病住院，女学生没有任何理由夜不归宿。到同学家住宿必须征得家长同意。

15、"世上只有妈妈好，可惜实在太啰唆"，你叛逆了。你偷偷地喜欢上某个异性，说明你长大了。但要学会理解有天才有地、有他（她）才有我、有大才有小的道理。在18岁之前，到参加工作之前，你无力偿还父母花在你身上所费的财力，哪怕利息。要学会与家长心平气和地沟通，才能在家长心中赢得独立的个体尊重。

16、课余时间，每天固定一个时间练练钢笔字，或在黑板上写写粉笔字，或吹吹口琴、笛子。在空地上、操场上散散步，吹吹口哨，既是一种静心，也是一种放松。

17、最好不要穿牛仔裤。在青春期长期穿它，又不及时洗晒，不便活动，也不卫生，以后可能会影响生育。

18、选择自己喜欢的一项体育活动，一定要参加校运会的一项比赛。因为在比赛时，同学们为你呐喊、加油，是一生中最高的精神奖赏。

19、固定一个时间，给远方的父母、亲友打个电话，发条信息。要学会耐心听完父母有些啰唆的电话，要时刻对父母有一颗感恩的心。

20、保持和同寝室同学的良好关系，保持个人良好的卫生习惯。同学、室友、今后同事的认同、赞誉，会让你终生受益！

21、不要吃零食，因为垃圾食品太多。也不要挑食，因为饭菜都有营养，吃饱了就行。

22、不管是认识不认识，不管是教你或不教你的老师，在遇见的时候，你都要自然地、面带微笑地叫一声"老师好"！老师对你的微笑或点头，都是一种鼓励。

23、读书是世界上唯一的不能让别人帮忙的事。别人可以帮你洗衣、做饭。生病打针，是医生帮你吃饭。但别人看书几个小时，绝不会有半秒的知识看进到你的头脑里去。

24、力所能及地帮家里做点家务。比如洗洗碗筷，拖拖地板，洗自己的内衣、鞋子。要学会煮面条，炒几个拿手的菜，如简单的炒青菜，西红柿炒蛋等，这些都可能是今后同事很羡慕的事情。万不可衣来伸手，饭来张口！

25、进门叫一声"妈，我回来了"；离开时说"爸，我去学校了"。很简单的一句话，都是父母的骄傲。

26、爱护学校的一草一木。其实，草木有情，它每天都在望着你微笑。热爱自然，你也会拥有一个好心情。

27、读书的目标是为己、利家、报国。为己，是为自己将来的生存、生活赢得尊严；利家，是为自己的家庭、家族赢得荣耀；报国，是将来用自己的才智报效国家，服务社会。

28、"一个好汉三个帮"的意思也可以理解为：结交了一个坏朋友（损友），其他三个人都可能成为帮凶，你自己会不知不觉地成为罪魁祸首。

29、女学生一定要注意衣着得体、举止文雅。不可矫饰，不可暴露，不要赶时髦。可能你不经意的言行，会引起不必要的暗示和误解。矜持一点，防火墙就厚一点，安全一点。

30、得到老师的一次表扬，在校报上发表了一篇文章或小诗，考出了自己很满意的真实成绩，写了一篇真情实感的作文或日记，参加了班级、学校一次有意义的活动，都是自己人生资本的积累。

31、不要盲从，不要迷信于快男超女等什么歌星、舞星、名人、专家等。他们当前炫耀的光环，戴不到你的头上。但他们痛苦而艰难的经历，你们不能理解和体会。

32、要从身边的同学、老师身上学会感动。他们的言行、能力，很简单、很朴实的一件事，你都应反醒、反思：为什么我想不到？做不到？其实我可以比他们做得更优秀。

33、"嫌贫爱富"是老师、同学的人之常情，你不可以以所谓怪异的举止、衣着、发型赢得老师、同学的赞誉和认同，结果得到的是"秒杀"。因为那些都掩饰不了你内心的空虚和无知！都是过眼烟云，或成为同学的笑料。

34、学习是很痛苦的事情，其实也是很快乐的事。你应学会从数字符号中寻求真理，学会从字里行间中品味乐趣。

35、进入高中，表明你已上了高速公路的连结线。想一想，有多少人不能进入这条连线，你多么幸运。但请记住，稍不留神，你会驶上连线上的叉道，或误入歧途，终生后悔！

36、你在夜深人静的时候，或在高兴、难过、痛苦、忘形之余，可以试着做一个很有意思的题目：请你给自己列出十个与众不同的优点。经过一段时间，对照这些优点，假如每个优点占 10 分，你可以判断自己到底能得多少分。

37、世界这么拥挤！你必须学会凭自己的能力、学力、智力先占一个位置再说。

38、其实并没有什么天才。所谓的天才不过是除了利用好正规时间，并且还利用好了业余时间。

39、用一本书打比方：学校是封面，年级是扉页，班级是目录，你在班上是"前言"、"后记"还是"封底"呢？

40、所有的父母都是伟大的，因为他们生育了你。而你，现在、将来，不管职务高低，岗位贵贱，你都是国家的人，或都是世界的人。

41、任何形式的考试、测试，都必须遵守有关规定和要求。暂时的侥幸带来的负面影响会膨胀，会刺激你内心深处的某种愿望，后果会影响很久！

42、不要做认真看书、做作业的假动作。父母看不懂你的书、作业。浪费时间，欺骗父母，于心不忍。

43、你千万不要沾上网购之瘾，否则世界末日就来了。你购买衣服、食品、书籍等要求，在父母看来都是合理的。但过分的要求，不合情理，纯属逼债！

44、师长可以包容、宽容你，但不可理解为纵容。

45、如果青春可以重来，让你首选一项自己最喜欢的事，你还会选择读书么？

46、养成学习时、闲暇时翻阅汉语词典、英语词典等工具书的习惯，你会不知不觉从中获得很多知识的乐趣。

47、即使假日，你最好都不要懒在床上。坚持正常的生活、学习规律，不要以任何理由随意拨乱"生物钟"。

48、宁愿背《论语》一句话，也不要经常去翻看那些无用的报刊文章、微信鸡汤。读点经典名著吧，至少在高中阶段要读完《西游记》《三国演义》《红楼梦》等名著，记住某部某章的有意思的题目和内容，或典故的来历，可以作为今后高雅的谈资。阅读了经典，你身上就汲取了前人的智慧和灵魂，也使我们的心灵变得宽广和丰富。

49、在高中阶段，要完成从懵懂少年到有志青年的质变过程。这时间可长可短，因人而异。有人蜕变，有人涅磐。

50、会写一手旁人看得过去的字，会演奏一种乐器（比如口琴、笛子），会炒几个合口的菜，你在任何时候、任何场合，都可以给同学、同事显露一下，都会获得惊喜和赞赏。

51、选择一个志趣相投的同学作为知己（闺蜜），在适当的时间，你可以倾诉，甚至哭泣，彼此获得安慰，可以破涕为笑！但应坚守彼此内心的秘密。

52、你在家的小抽屉上锁了吗？你整天担心父母翻看你的日记、小秘密，你哪有心情读书、做事啊！你要明白，父母不是敌人！你更不是"余则成"！

53、进入高中，你自然有某种冲动。希望这种冲动要变成冲击力、爆发力，并要坚持三年！

54、守时是人的重要素质之一。不能准时上课（到岗），将来你还能做什么？假如"上课迟到"是校园"十大陋习"之一，你能很快地列出其他的九种么？

55、稗子长得比稻子高，野草比菜苗长得快。

56、在家你是天使，在外不能当魔鬼。

57、读书就是做人！品行不端，读书何益？品行好，父母少操心；学习好，家长少花钱。

58、不盲从、不偏执、不做秀、不做假、不失信、不骄气、不追星、不攀比、不冷漠、不凌弱，此为高中生"十诫"。

59、独生子女相比兄弟姐妹多的人得到的爱更多，但承担的责任更重、更大。

60、自欺欺人的意思为，用自己都难以置信的话或手段来欺骗别人。也可以理解为首先欺骗了自己，再去欺骗别人。

61、在学校里，在公共场合，穿背心，趿着拖鞋，就像女人穿着睡衣逛街一样恶心。既煞风景，更伤风雅。

62、网吧是张开血盆大口的狮子、老虎，它温柔地把你吞噬了，最后连骨头都不会吐出来。

63、明白两条法律条文的通俗解释：10 至 18 周岁的未成年人属限制民事行为能力人，家长是法定的监护人。你的所作所为，要为家长或委托监护人负责；年满 18 周岁以上是完全民事行为能力人。你的一言一行，要为自己负责。

64、记住父母的生日，公历和农历的。多一次的祝福，给父母多一份的快乐！

65、张口吐几片瓜子壳，随手扔张废纸，实在容易。但弯腰打扫、清运它们，你能分解出多少个动作？

66、如能保持你桌子周边、床下的整洁，那么我们的教室、寝室就好看多了，也舒心多了。

67、不要陶醉于你在幼儿园、小学、初中所有的荣誉与骄傲。在高中的荣誉与骄傲，将炫耀你的一生。

68、学校不是避难所，更不是疗养院。你没有任何理由和资本在学校里混日子、耗时光。其实，混日子的滋味很难过，因为度日如年！

69、如果计算父母接送、陪读你的时间、精力、财力，你在考试的每一科上应增加多少分呢？

70、你承认你在家庭中、在家族中是骄傲的宝贝么？几千个宝贝集中在这里，学校理应是"宝贝之家"，而不是"浑蛋之窝"！

71、"启蒙""开窍"只在一夜之间、一念之中。只要有一件事，有一个人突然刺激了你已麻木的心，你就感悟了，开始长大懂事了！

72、如果规定，高一年级学生要跑1000米，高二年级学生要跑2000米，方为合格，高三年级学生要跑3000米，方可毕业，你合格么？能毕业么？

73、电视、报刊上经常有做补钙、补锌、补铁、补血的广告，我认为最重要的是要补"德"。故意损坏公物，不遵守课堂（公共）纪律和秩序，损人利己，损公肥私，就是缺"德"！

74、使高中生弱智的三大科技产品是：电视、手机和网络。我的理由我知道，但不好告诉你。你能说明理由么？

75、种田不如老子，炒菜不如嫂子，招考没有本子。每年有近千万的大学生毕业，还不包括历年积累下来的大学生、研究生、博士生。你就业的位置在哪里？我不是坚持说，读书是谋生的唯一出路，但读好书可以为自己将来谋生多几条出路。

76、自从你进入高中，你就给父母增加了在他亲友、同事面前炫耀、骄傲的资本。这种资本我希望是"绩优股"！而不是"宝马进来、自行车出去"！

77、"书中自有颜如玉"的意思也可以理解为：读书可以美容。知识多了，眉宇间便泛出清秀，眼睛里便闪烁出智慧，行为举止便透露出高雅。不媚不俗，不卑不亢，胜过涂脂抹粉，拉皮隆鼻。

78、诚然，在你这个年龄里，犯点错误，连上帝也会原谅。但是，假如有上帝，你知道他日后会怎样处罚你吗？

79、《论语》中"是可忍也，孰不可忍也"的意思就是"零容忍"！

80、自信、阳光、真诚、友爱、好学、知恩，这就是高中学生的正能量。

81、"文质彬彬"如君子，"温文尔雅"似淑女。这是我理想中、梦境中的高中生的样子啊！

82、每个月有时间到学校的图书馆里借几本书，听听那翻书的奇妙声音，闻闻那美妙的书香，你就知道我曾经说过"用电脑永远打不出《红楼梦》来"的意思。

83、正如吃菜不要偏食一样，高中学习绝不能偏科。偏食会营养不良，偏科会产生短板效应。

84、你能记得你村子戏台里所有的对联吗？你能考究出当时是你村子里谁写的么？你能每年在过年之时、喜庆之日写出相应的对联么？

85、孝敬父母，尊敬老师，这是古训，也是天理。父母给你生命，老师给你知识。看看你家中堂上贴的"天地国亲师"就知道了。

86、现在，上课时，学生坐着，老师站着。或许将来上课时，学生躺着，老师跪着，求你读书。你说会么？

87、鲁迅先生在《从百草园到三味书屋》里有一句话："他有一条戒尺，但是不常用，也有罚跪的规矩，但也不常用，普通总不过瞪几眼。"说明过去的先生用教鞭打过学生。现在不要说打、跪（体罚）学生，就是老师批评了几句（不用说瞪眼），学生就仿佛受了天大的委屈，做出种种常人难以理喻的举动来，体统何在啊！

88、冷漠无情，麻木不仁，虚荣攀比，目空一切，唯我独尊，仿佛全世界的人都欠他的钱不还似的，好像他是救世主来拯救世界，我们又不能理解他一样。这是高中生的最危险、最可怕的通病。

89、在你父母的肩上，一头挑着"空巢老人"，一头挑着"留守儿童"！你想减轻父母肩上的重担，就应该好好做人，认真读书！

90、想想父亲的背影，为儿女饱受的辛酸、苦涩甚至屈辱。因此，歌曲《父亲》中的歌词"央求你呀下辈子，还做我的父亲"一句，应该为"下辈子，我要做你的父亲"，才能偿还情债！

91、高中生的"三自方针"：自觉学习，自主生活，自信成长。

92、知荣辱，明是非，走正路，做好人。

93、榜样的力量是无穷的，也是可怕的。家里、族里、村里都有读书人的榜样，他们不知不觉在影响你、感化你。而你，从现在开始，就应该成为后来读书人的榜样。

94、要是科学家能发明这样一种药物真好：打一针，你就变聪明了；

吃一种药，你就科科考满分。这正如无后悔药、解酒药一样，是痴人说梦。

95、世界上唯一不能被盗走的是你头脑里的知识，还有从毛孔里散发出来的气质和修养。

96、注意课堂效益，可以事半功倍；课后家教、辅导、补课，则事倍功半。

97、《论语》中第一篇第一句话是什么？为什么要这样编？它暗示了什么？你能谈谈自己的看法吗？

98、省下零食（用）钱，每个月买一本书，到时你会发现自己拥有一笔巨大的财富。好书如友，终生受益。

99、到现在为止，这世界并不欠你什么。而你，倒是欠了很多债（金钱债、感情债)！你准备还债吧！

（2013 年暑假）

《青春期心理手册》（摘要）

1、青春期的时间跨度大约从 11 岁到 19 岁，是一个身体、情感、智力上急剧变化的时期，一些高中生看起来仍然像儿童，而其他高中生看起来像成年人。从青春早期初始，无论在哪里，都要用 2 至 4 年的时间完成青春期的生理变化。生理变化包括几个生长阶段，每个阶段都由不同的荷尔蒙控制，并且发生的速度也不一样，结果导致性的差别。

2、每个青少年都会走到无法再继续用儿童期的模式来生活的时候。青少年面临的任务是锻造出稳定的认同感，超越自身经历和角色的挑战，获得对自我的感受。青春早期被迫面对的任务有：青春期的发育，认知的发展，社会期待的改变。完成了特定的发展任务，结束于其具有了由社会所界定的，能够获得充足的自我的成年状态。

3、在青少年发展阶段存在许多理论。如哈维格斯赋予了学习的重要性，"为了了解人类的发展，人必须了解学习"。

斯金纳认为，行为是在外部事件的控制的过程中。强化物在塑造和维持行为上有非常强大的力量。

班杜拉强调学习的社会天性。他的社会认识理论常被用来修正青少年在课堂上的自我效能感，从而影响他们学习的动机和对学习材料的掌握效果。在有效使用学习技巧方面接受过训练的学生，在曾经失败过的地方体验到成功，会促使他们的信念增长动机，学习习惯上也更加具有自我导向性。

皮亚杰认为青少年的思维是抽象的。他把智力看作是人类适应性的进步，通过它我们可以维护与环境的平衡。

弗洛伊德在潜意识理论的基础上，逐渐形成了人格发展理论。他认为，我们应该在内部生物本能和社会约束之间取得平衡。我们学会压抑快乐来避免纵容本能所带来的焦虑。要不就控制本能需要，要不本能就毁灭我们自身甚至文明。

4、霍华德·加德纳将智力定义为一个人表现出的解决问题的能力，是从经验中获取信息、适应周围环境，在抽象推理中的能力。他提出"多元智能"，例如音乐智能、身体运动智能、数学逻辑智能、语言智能、空间智能、人际交往智能和自我认知智能。这七种智力和职业潜能都有关系。

5、一项为时 30 年的研究指出，尽管大多数孩子成长在环境稳定的家庭，但 10%却是"高风险"的孩子。因为他们身边有很多风险因素，如天生疾病、贫穷、家庭暴力、社区治安等。使青少年不走弯路有很多保护性因素。在心理维度上，他们能够与至少一个人建立比较亲密的关系，这个人可以是照看者，或他们认为是特别的、很棒的人；获得家庭以外的较好的感情支持，这些支持可以来自老师、同学或者是团体，他们可以参加课业以外的活动，比如在学校的编辑部工作，或者参与学校的乐队；体质上的因素比如脾气、情感，个体如果很容易亲近、有爱心、活跃、好脾气，就比较容易获得他人较好的反馈；建立可支持性环境，有能力竞争，并且可以得到朋友的帮助，会让他们感到很有力量很有希望。

6、一个舞台的谢幕，其实是另一个舞台的开端。任何一个部分的任务的完成是重新塑造生活，提高生活质量。青少年通过解决身份问题，获得自我同一感。他们会重新确定他和父母的关系，他们不再会被认为是孩子而是成年人，然后他们也要在他们进入的团体中找到自己的位置。

7、青春期进入到个体的成长加速期和生殖系统的成熟时期。成长加速期受生长激素和性激素的调节，引发一段时间内身高的飞速增加。现代人比前几代人的青春发育要来得早些。

8、青春期是一段情绪波动强烈的时光。青少年在这一时期比他们的父辈体验到更多的情绪紧张。良好的亲子关系能非常有效地缓解青春期的各种压力。常常体验到父母的爱意和温暖的青少年，他们的情绪和行为问题也会更少。

9、发育期的生理变化引起了青少年的身体意象的改变。他们对于自身身体的满意程度会受到他人评价高低的影响。

10、有规律地进行体育锻炼有助于青少年的身体健康，帮助春少年增进并维持骨骼肌肉，还能控制体重，减少紧张和焦虑，提升他们的自尊。

11、许多青少年吃东西并不规律。不良饮食习惯已经很快成为国民特征一部分。快餐、零食、冷冻食品、不吃正餐、对减肥瘦身狂热追求在各个年龄段都能常见。快餐食品让人感觉口味良好，因为它们富含脂肪、糖类和盐，这些物质会使卡路里大增——随之也增加了体重超标的危险。但一个青少年体重控制计划的成功总要依靠整个家庭的介入才能实现。

12、青少年可以思考不存在或者永远不可能存在的东西。抽象思维、假想思维、逻辑思维构成了青少年思维的特点。

13、心理学家指出，青少年经常在很显而易见的问题上出错，不是因为问题对于他们太难，而是他们将简单问题复杂化。这种趋势称为"伪愚笨"。

14、青少年时期遇到的主要问题之一是如何变得更自主、更独立。要求更多的自主性通常会引起青少年与家庭间的冲突。他们有多少想法和感觉可以作为秘密而不告诉自己的父母。他们认为父母干预的问题，通常是青少年认为的应该自己决定的私人问题。因此，企图使自己获得想法和行为自主权的方法，就是对父母撒谎。

15、在成长过程中，青少年要通过批判地审视从父母那里得到的态度、信念和价值来实现个性化。这一过程大部分都是重复性的，今天做过的决定在明天需要重新考虑和沟通，因为同样的问题会以不同的形式不断出现。

16、拒绝父母的态度和价值经常让青少年有种空洞的感觉。个性化包含了从父母那里成长的独立性，以及对自身独立性的良好感觉。维持好这个健康平衡点，青少年就能够为他们自己的独立性承担更多的责任，而无需担心这样做会疏远与父母的距离。

17、自尊是青少年对他们自己全面的积极或者消极的评价。与父母的关系奠定了自尊的基础。父母强调自力更生，共同做决定，乐意倾听，孩子到青少年期对自我价值就有更高的体检。

18、影响早期青少年自尊的五个领域：家庭、同伴、学校、身体形象、运动与竞技。总体上看，男性倾向于比女性的自尊更高一些。

19、亲密感是情感的交流，是充满关怀的想法、信任和接纳。自我接纳对于亲密感很重要。自我接纳的一个重要成分是喜欢自己。喜欢自己的青少年能够让别人更接近自己，给他们看到自己真实的一面。不喜欢自己的人经常感到羞耻并且不愿意让别人靠近。对自己感觉不好的青少年可能用感到抑郁和焦虑的方式来阻碍自我认识，他们不可能和别人建立起完善的人际关系。

20、当青少年可以相信别人会尊重他们的秘密时，他们才愿意分享他们的私人经历。信任的发展需要时间并且经常需要试一试。

21、男性倾向于把他们的人际关系纳入到一个抽象的概念系统中，而女性的关系则更为直接和经验化；为了成长为男人，男孩需从对母亲的依恋中分离出来，他获得男子气的代价牺牲与母亲的亲密感；男性通过自己的行为，所做的事获得自我感，女性则通过他们的人际关系和存在感来获得自我；男性的雄心壮志通过认同那些超越生活的人物和被理想化、榜样化的英雄们而实现个人化，女性则更易于从那些触手可及的身边人物身上汲取力量。

22、青少年必须通过修正其自我概念去涵盖新的性感觉和性行为。每年有接近900万的青少年和早期成年人被性传播疾病（STD）感染。人类免疫缺陷病毒（HIV）攻击人的免疫系统，并使免疫系统崩溃，使身体处于一种无法抑制任何感染的无防护状态。最终任何一种继发性病毒感染都会造成死亡。疾病发展到艾滋病（AIDS），获得性免疫功能缺陷综合症就无药可救了！

23、心理学家建议，青少年应该意识到他们生活在两个非常不同的社会中：一个是和朋友们，他们的地位是平等的，共同做决定，协商差异性；另一个是父母，他们只有一点儿权力，做一点决定，遵照父母的期望做事。

24、父母亲在建立和保持社会道德秩序上负有完全的责任；而青少年只是在其中寻求更大的独立权。父母有权威决定权的领域：①道德问题。

未经父母允许就私自拿钱；攻击兄弟姐妹；对父母说谎；不遵守诺言。②习惯问题。吃饭姿势不对；不完成分派的任务；直呼父母姓名，骂人；③交友问题。与男友或女友单独看电影；去看望父母不喜欢的朋友；父母不在家的时候举行聚会；父母不在家的时候邀请男友或女友。④个人问题。看卡通片；选择自己的衣服；将零用钱花在游戏上；听重金属摇滚音乐。⑤需要谨慎考虑的问题。吸烟；垃圾食品；饮酒；与新手一起开车。⑥其他问题：男生戴耳环；女生浓妆艳抹；不打扫房间卫生；不整理衣物。

25、有研究者指出，是父母而并非孩子营造了家庭情感氛围。这种情感氛围的变化是在日常的交往中从一个人传递到另一个人身上的。负性情绪比正性情绪更易于传递给他人。愤怒、焦虑、抑郁都比欢乐、安静更容易传递给他人。总体上说，拥有更多心理资源的家庭会经历更少的负性情绪传递。很多父亲的负性情绪都是从工作压力中带来的，男性的情绪更容易影响他们的妻子和儿女，反之则不然。父母的情绪更易于传递给儿女，反过来则不会。"二手情绪"对子女的影响既包括心理症状上的、行为模式上的，还有情绪状态上的。

26、父母本身就会引起许多青少年的变化。从父母反应性和要求的差异方面可以分出四种不同的父母类型：①权威型的父母。高要求，鼓励自立，自律，热情，体贴，对要求做出适当的解释，保持良好的沟通。其子女社交能力强，有责任感，学业成绩好，工作规范，出现心理行为问题的概率很小。②独裁型的父母。高要求，一贯强调自己的标准，控制性强，注重顺从，很少从他人的角度考虑问题，并且使用武力。其子女缺乏自力更生的能力，对自我的积极认知偏低，被动交往。③纵容型的父母。高反应性、热情、体贴，无要求，不使用惩罚手段，没有控制。其子女社交能力强，学习兴趣下降，不善于处理问题，出现行为问题的几率上升。④忽视型父母。无反应，冷漠无情，无要求，无限制，没有任何监管。其子女，对工作和学习的目标不明确，偏离正常的轨道，常常出现行为问题。

27、导致青少年出现反抗行为的情境不是严厉的要求，而是武断地决定。父母严格要求不是问题，问题在于缺乏使青少年参与有关决定的意愿。矛盾同样会出现在父母类型不同的家庭中，例如父亲是权威型而母亲是纵容型的，这种类型的父母会导致青少年的低自尊和低学业成就。

28、环境因素和遗传因素交互影响着青少年的发展。养育并不仅仅局限于父亲或母亲。在许多种族团体中，家庭成员包括了祖父母和住在同一屋檐下的其他亲戚。研究发现，在家族亲戚来往密切的环境中成长起来的青少年，习惯于从亲戚中获得支持与帮助。这些学生在学校中更为自立，很少出现行为问题。

29、研究者发现，青少年的自我发展与其父母的认知激励行为以及支持程度有关。自我发展水平高的青少年多数来自于互相支持和尊敬程度比较高的家庭。充满温暖和爱的人际关系，在青少年积极自我认知的发展以及个性化成长中，起着关键作用。

30、另外一个影响青少年发展的家庭因素是家庭规模的大小。年长的兄姐是年幼的弟妹的榜样。通过与父母及他人的交往，他们树立起家庭行为标准。照顾年幼的弟妹会增强他们的责任感，有用感和胜任力。单亲家庭中的青少年比健全家庭中的青少年更富有照顾年幼者的责任感。

31、缺乏理解自身复杂性的能力的青少年，对待他人，处理事情的方法都过于简单。不能理解自己的行为同样会对他人的行为反应做出错误的结论。无法认知到的内驱力会使其对他人的认知带上有色眼镜。因无法接收到正确的信息，从而造成永久的恶性循环。

32、构成青少年环境的所有个体——父母，兄弟姐妹，老师——必须时刻陪伴在青少年周围，接受和认可青少年所经历的一切。成功的家庭都建立自己的习惯规则，这有利于为家庭提供共享经验的机会，也有利于培养归属感。

33、来自于离婚家庭、单亲家庭、重组家庭的青少年比完整家庭的同龄人具有较低的学业成就感，在自我概念、自尊、社会胜任力、幸福感、成熟感等方面，与完整家庭中的同龄人存在显著差异。

34、相关研究发现，积极投入工作的父母比工作怠慢的父母更容易经受工作压力的考验。承受工作压力的母亲不会打乱与子女之间的关系，也不会影响他们的心理适应性，这完全不同于工作中的父亲。母亲的兴趣能力和她所从事的职业之间的匹配程度，对他们的自尊和幸福感具有预测作用，反过来同样会影响到子女的主观幸福感。

35、朋友对任何年龄的人都很重要。青少年会寻求他们有相似活动的朋友，相反，也会被朋友的活动所影响。在青少年关注的成功、保密、计划等等方面，朋友们都是他们的情感支持，也是他们认识自己的镜子，他们必须看到别人才知道自己的样子。

36、友谊主要是将青少年聚集起来的活动。友谊影响着青少年的幸福，促进了形成理想的自我意象，并且是自尊的重要源泉。友谊中最常见的压力就来自于没有保守秘密，和在背后谈论朋友。

37、有组织的活动，例如体育、创意艺术或者志愿活动，是大部分青少年世界的一部分，并能给他们带来十足的好处。这些活动也很促进例如自我控制、确定性等其他积极品质的发展，甚至是成绩的提高。很多青少年志愿为慈善活动服务。那些更愿意做志愿者的人在学校学业成就更好。

38、同伴团体影响着青少年社会化的步伐。无法跟上团体的青少年和过早地先于团体的青少年都会被团体淘汰。没有圈子的青少年可能是联络者，或者是孤独者。同伴对不良行为有重要影响。

39、有效学校首先应该有高技能的教师。区分有效学校的一个因素是学校全体老师都坚信，所有学生都具有学习能力。有效学校的教师对学生有较高期望，他们和学生的互动更多，对学生的奖励更多，课堂气氛融洽和睦。有效教师通常支持并鼓励学生、高效率地组织课堂、使学生知道教师的期望、并有效利用活动指导方面的反馈，可以让青少年进行自我规范、自我管理。

40、学校规模会影响到学生课堂内外的在校行为。活动形式，如编辑校刊、管理宿舍、组建啦啦队，或是同伴咨询，每一种活动都能让学生获得对学校的归属感和认同感。

41、学校的独特氛围至少和他们的规模同等重要。师生关系在这方面至关重要。那些提供支持、公平公正、对学生有清晰明确期望的教师对于学校氛围有极大促进作用。另外，诸如相互友好、非对立性的师生关系也影响到学校氛围。

42、学校氛围或教师态度比学校规模更重要，是因为学校能够为学生提供一个安全的环境。暴力行为有许多是从家庭内开始的。据估计，每年有1000万儿童目睹了家庭暴力，而遭到忽视和虐待的儿童及青少年的比例更高达4%。

43、媒体是暴力案件的诱因。媒体（电视节目、电子游戏和电影等）对暴力行为的生动表演，也极易使青少年认为很有个性而得到模仿。犯罪动机似乎不仅仅是为了报复，而是为了出名。热衷于出名这一点也反映了青少年思维的另一特性——喜欢为自己的假想观众进行表演，他们会觉得每一个人都在看他们，每一个人都在想他们，每一个人都像他们自己那样关注他们自己。这种假想观众的心理导致了青少年极端夸大了自我意识和自我的重要性。社会因素对青少年暴力的影响也不能忽略。处在所有社会危险当中的青少年对暴力已变得非常不敏感。

44、中学面临的挑战之一是要满足不同兴趣、不同背景、不同能力的学生的需要。教师要利用特定方法和材料激发学生的兴趣和灵感火花。

45、最有效的父母是接纳的（而非放弃）、严厉的（而非松散），同时鼓励孩子自立（而非控制他们）。这种教养方式被称作权威型的教养方式。这种方式加上能力的提升、成熟，以及学业成就，可以抵消同龄人的不良影响。父母的期待和子女的个体知觉，对取得学业成就有重大影响。

46、任务导向的青少年喜欢富有挑战性的环境，即便任务艰难他们也愿意为之努力。他们甚至自豪于为获得新知识而付出努力与投入。而成绩导向的青少年除非可以成功，否则他们不会追求有挑战性的东西。他们通常选择那些不会暴露他们的缺陷能力的工作。

47、"自我妨碍策略"是指不到最后关头不学习，或者是考前开夜车等这样一些行为。这些行为可以被当作是学业成绩不佳的理由。它有双赢的诱惑力：如果一个人没有好的表现，自我妨碍可以提供一个解释的理由；如果一个人有好的表现，它又可以让他觉得自己更聪明。但它也有两方面的危害：阻碍学生进步，使他更容易失败。

48、教师和家长应该让孩子关注自己的努力过程而不是成绩，这样能让男女生都获得更适当的成就动机。对学生所运用的策略给予反馈是很重要的，因为这样会让他们关注学习过程本身和需要改进的方面，真正体验到为成功解决问题而付出努力的快乐。

49、学生能力的认知还与性别有关。男性通常会把成功归功于他们的能力，而把失败解释为还不够努力，这也意味着男性会坚持不懈地解决问题。尽管有的女生很有天赋，但与男生相比，她们更容易把最初遇到的困难归因于自己缺乏能力而不是任务本身的问题，并因此在失败面前退缩。最容易出现成就矛盾的是那些能力强的女生。失败让大多数能干的女生苦恼，但却会激励男生。

50、心理学家迈克尔·豪认为："如果父母有足够的精力和献身精神，培养出天才儿童可能并不是那么难。"如果环境合适的话，大多数人都可能成为天才。天才学生的一些特点：提很多问题；在很多话题上都懂很多；采取一种怀疑的态度；对于不公正会感到特别心烦意乱；对社会问题或政策问题感兴趣；对想做又没有做的事情有很好的理由；拒绝重复性的练习；当不能很好地完成任务时变得急躁；不合群；感到无聊并且经常无事可做；完成任务部分后，便不再继续做下去，并开始做其他事；当其他同学已转向别的事时，仍继续工作；精力充沛；富于幻想；有很好的理解力；喜欢解决问题；关于事情怎样做有自己的想法；话多；喜欢争论；喜欢抽象的思想。天才少年不仅在学业成绩上表现优秀，而且还能把他们的智力优势运用到生活的各个方面。他们比同龄人早熟，更有社会技能，更有自信，更有责任感，更有自控能力。最近研究发现，受基因因素影响的基本认知能力也对天才性成就有重要影响。

51、有学习障碍的青少年在课内外都会有困难。他们有不好的学习习惯，经常缺课，或在课堂上难以集中注意力，不完成作业，也不交作业，比其他学生更少参加课外活动。他们的社交技能比其他学生更差，更少参加课外活动。这些学生不会推测他人的情绪并做出适当反应，也不会意识到自己行为对他人的影响。他们对很多精细线索视而不见。这使他们很难理解教师在课堂上所讲的问题，同样也影响他们与朋友的交往。

52、患有注意力缺损多动障碍（ADHD）症的学生难以将注意力保持在手头的任务上，容易被身边正发生的事情吸引，且经常表现得很冲动，想到什么就做什么。大多数此类学生会表现得活动过度。遗传和环境等因素都会导致这种病的出现。

53、家长对教育的态度很重要。家长本身就可以作为教育成功和榜样。孩子们更需要用成就来克服现有的社会偏见。

54、学校肩负着使每个学生迈向更高水平的责任。教育问题的解决除了学校本身之外还要关注更多因素。有效的学校有对所有学生都有很高期望的熟练的教师，他们关注学生进步，并有效利用反馈信息来指导学生的活动。有效的学校拥有一个支持性的校园氛围来提高成绩，其中包括整合教育资源和强调多元成绩类型，并让家长积极参与子女的教育中来。赋予学校更多权利，以使它们能做适应学生的有效改变。学校成功地培养了大批毕业生，最终更要靠社会能够成功地给这些学生提供有一定薪水的工作。

55、青少年期后，人生剩下的50年究竟会怎样？追踪研究发现，在青春期给自己定下高目标（积极的未来抱负）的被试，在青春期会表现出更高的工作效能和办事能力。这种高效能和能力也预示了这些个体在中年期会获得的成就和生活满意度。令人惊讶的是，人们对待工作和闲暇的态度会持续到一生中的各主要阶段。很多成年人对待工作的态度在他们孩童时代就能体现出来。

56、高中辍学青少年的失业率是高中毕业的人的两倍。因为未来的工作需要员工接受更多的教育，更好的准备。那些没有完成高中学业的青少年，他们对工作的满意度更低，升职的可能性小，工作的安全感和稳定性也更低，更缺乏就业的竞争力。

57、自我效能反映了在一定的情境中青少年所感知的控制能力，这直接源于他们对结果的预测能力。预测能力是一种智力技能。清楚自己行动结果的青少年，会通过做什么或者不做什么，来更好地控制发生在他们身上的事情。

58、青少年对结果的预期也影响他们参加某项活动的动机。面对困难时，怀疑自己的青少年很有可能会放弃；而相信自己的青少年则会更努力地去解决。自信还有其他效能，它可以决定一个人可以承受多大的压力。

59、家庭中的早期经验对于后期的道德至关重要。这是因为，父母通过各种各样的方式将自己的价值观遗传给自己的孩子，既有明确的言语教导，也有含蓄的行为示范。父母好像是通过遗传重视教育的价值观来影响青少年的职业抱负的。大多数青少年所持有的价值观在实质上和其父母的价值观一致：婚姻美满、家庭幸福、事业有成。

60、青少年的关心他人对自己看法的形式，将他人的看法纳入自己的思考范围，把他人对自己的看法，作为自己是否将团体规则纳入自己行为规范的准则。青少年很有可能因为朋友的意见而摇摆不定，而不是根据实际情况来思考。

61、尽管各文化之间的价值观存在很多相似性，但是同样存在着差异。个人主义价值观强调独立自己、依靠自己、个人成就和自我表彰。集体主义价值观强调互相依存、合作、为组织的事业而工作以及保持和谐的人际关系。

62、柯尔伯格的理论具有内在的高雅本质。他向我们提供了一个富有人情味的关于人性的观点，即青少年要学习宽恕。要鼓励他们采用宽恕作为解决人际关系冲突的方法。宽恕是指个体决定把他人从自己对尊重正义的诉求中（正当权益中）释放出来，从责任中释放他人。这样的决定能够使那些已经被这些感觉所伤害的人得到自由，并且打开局面重建关系。

63、青少年面对许多压力。青少年最常见的压力不是由于出现什么，而是因为缺少什么。青少年经常感觉他们自己被隔绝了，与别人的情感距离很远，在心理现实中感到自己是一个观察者，而不是参与者。这种被疏远的感觉———一种疏离和丧失感——是青少年一种常见的感觉。

64、许多情感疏离的青少年都会离家出走。这些青少年经常被虐待或忽视，他们自尊低、抑郁、缺乏人际交往技巧、不安全感、焦虑、冲动、缺乏对自己生命的控制感。而且他们大部分人的家庭生活混乱，家庭成员互动不良，或充满暴力。

65、青少年犯罪是由未成年人实施的违法行为。青少年个体稳定的物质和性格的差异，像较差的自控能力、冲动性、神经功能障碍都会增加越轨行为发生的可能性。就个体而言，违法的青少年会给自己和别人造成很大的伤害。就群体而言，他们在社区中出现就是一种灾难。

66、社会环境（居住地区、学校、校外活动等）对犯罪行为有影响，但父母的精心教养对降低犯罪风险尤为重要。父母需要提供良好的环境来帮助和支持青少年进行健康的选择。家庭生活的品质和父母教育行为对提升自控能力等特质非常重要，这能有效地减少越轨行为。如果父母是温暖的、关怀备至的、支持的、言行一致的、能够监督孩子行为的，那么就会减少孩子犯罪的风险。如果家庭生活品质不佳，父母教养行为不当就不能减少青少年的反社会行为。

67、难过、孤独和绝望是青少年中期常见的感觉。有些人沉溺于过去的内在情感或想法中，遇到相似情境便触景生情，无法忍受，这些都是抑郁症的表现。抑郁在青少年早期经常会隐藏起来。最常见的是疲劳、注意力难以集中和疑病症（对疾病和健康过度担心），每一个症状都曾被错误地解释为青少年自然的表现或身体症状。考虑到青春期在快速成长，以及学校、家庭、朋友的需要，疲劳自然是意料之中的。同样，注意力不集中也很容易被错误地认为是学校功课多而乏味。因青春期生理现象会发生很多变化，那么过度担心自己的身体也是可以理解的。抑郁的青少年会感到自尊低、难过、失去乐趣、体重变化、没有希望、无助等等。在青少年早期，抑郁会表现为身体症状。治疗时需要考虑到青少年抑郁的潜在的原因，才有可能有效地去除这些症状。

68、我们必须及时发现青少年不良行为的预警信号。像行为的突然改变、睡眠与饮食习惯的改变、对经常的活动失去兴趣或人际关系消极退缩、经历了令人感到羞耻的重大事件、感到内疚或无助、不能集中注意力、谈论自杀、将自己最重要的物品分发给朋友等等。上述任何一项的出现都需要引起关注；如果有几项同时出现，那么这说明青少年目前非常危险。

69、支持青少年生活最重要的资源之一是其与家人的关系，特别是他们的父母。有研究证明，那些在与孩童时期与父母有温暖且能获得情感满足的关系的青少年，以及经历了更少家庭冲突（如婚姻冲突或离婚）的青少年，在青春期更可能产生较强的幸福感，并且更能够避免发生严重的冒险行为，如辍学、吸烟或使用其他毒品，或者发生违法行为。

70、当青少年知觉到他们的学校是安全时，当学生接受到来自老师的信息支持和情感支持时，将有利于青少年的健康发展，能使得他们更有效的活动。事实上，人们发现，青少年从支持而又严格要求的老师那儿得到的情感支持和他们的成功有重要相关。这种支持资源对于和家长的关系有问题的青少年来说特别重要，对有学业困难的青少年来说也是这样。

71、药物依赖是由于药物对神经起特殊作用而导致的，当个体想控制行为的时候却不能很容易停止使用药物。青少年对酒精、烟草、大麻（含新型毒品）等药物，即使漫不经心地尝试也会带来严重的风险。

72、青少年自身的特质同样是一种保护因素，如气质和对生活的看法、智力、能力和自我效能感。对新的环境有积极的反应，在活动层面表现得好交际、平和——更有可能摆脱日常生活中的压力。他们的交往方式也使得他们更受他人喜爱，从而使得他们更能得到所需要的支持。拥有至少平均水平的智商，能和他人有效的交流，并且相信自己对影响生活的环境的掌控而不仅是简单的反应，这些同样是重要的保护因素。

73、青少年的性格、家庭、学校、社区能够提供一些青少年健康发展所需要的保护因素。高自尊和良好的社交技巧，结交那些没有药物滥用的朋友，在学校能够保持好成绩，与学校有情感联系的青少年，药物滥用的可能性也很小。药物滥用的青少年一般缺乏很好的调适能力、易冲动、低自尊。他们也可能在学校表现很糟糕，与同辈关系不良、有滥用药物的朋友等。

74、家庭对药物滥用的青少年也有很重要的影响：父母对子女可能缺乏关爱，没有一贯地履行父母的职责；这些青少年的父母本身可能就滥用药物。对有很多行为问题的药物滥用者，也有证据表明了遗传的作用。如果青少年生活的社区有很多暴力，药物也很容易获得，那么这些青少年就处于药物滥用的高风险当中。

75、家庭对于青少年人道主义行为的形成有重要影响。也许是因为，只有一个人体验过被爱的感觉，才懂得如何去爱别人。关爱他人的青少年用价值观和理想来描述自己。同时，他们的父母在他们自我意识形成过程中起到较大的作用，好朋友在他们自我意识形成中起到更大的作用。比如做志愿者，他们相信能够通过自己的努力改善别人的生活；他们想成为一个组织的一份子，从而能够丰富彼此的生活。

76、什么是青少年积极、健康的发展标志？能力、信心、社会关系、角色和关怀，或称为"5C"，这五种特征共同构成了积极的青少年发展定义。

77、"5C"：能力（Capability）指社会能力、认知能力、学术能力、职业能力；信心（Confidence）指对自我价值和自我效能有一个全面的认识；社会关系（Connection）指与家庭成员、同伴、老师和社区成员建立积极、互惠的关系。角色（Character）指接受社区和社会的标准，为人正直；关怀（Concern）指理解和同情别人。

78、研究者强调，在青少年的生活中，仅仅一项充满关爱的关系，就可以使他们发展产生健康或不健康的差异，即使面对家庭冲突、贫穷、父母的精神疾病，和其他可怕的因素时亦是如此。健康发展的必要成分是和关心他们的某个人建立的"基础的、值得信赖的关系"。

79、安全、提供充分服务和为居民提供非正式社会网络和规范的社区，可以促进青少年优点的发展。比如，与成年角色榜样建立支持性的关系，与同辈建立健康的关系，放学后参加组织的活动。

80、使某一事件显得有压力的，不一定是这一事件本身，而是适应变化的时间。许多情境都可以增加或减少潜在压力。青少年能够学习更有效地应对压力。通过学习更准确地评估情境，掌握自信、沟通、协商和妥协相关的技能，青少年可以避免常见的错误。

81、青少年最需要的是，有个人发现他们"有些特别、尤其精彩、非常珍贵"。

（2016 年暑假）

雏鹰展翅　搏击时空

——在乐平三中 2015 届毕业典礼上的致辞

亲爱的同学们、各位家长朋友、尊敬的各位班主任、老师：

大家上午好！

今天，我们在这里隆重举行乐平三中 2016 届毕业典礼。我多次在你教室前徘徊，我几次在竹林前徜徉，我依旧听见小鸟在欢唱！还是在学校，还是在"三乐园"，最后一次短暂的相聚，让我再看你们一眼吧！轰轰烈烈的高中生活，在这一刻戛然而止，此景此情必将定格为永恒！

毕业典礼是种庆贺。通过三年的努力，我亲爱的同学们已经顺利地完成了高中阶段的学习任务，即将踏上人生又一段新的征程。作为校长，此时此刻，看到自己的学生圆满完成高中学业，看到校园里洋溢着莘莘学子的毕业情怀，看到充满青春、挥洒激情后的收获和喜悦，看到一张张成熟的笑靥成为校园最美的风景线，我的心情非常激动。借此机会，我谨代表学校向你们表示热烈的祝贺！

毕业典礼是一种回忆。三年来，一千多个日日夜夜，一切仿佛都是昨天，历历在目。我们还能够体会到同学们入学时的从容、学习中的自信、生活中的坚强、军训中的刚毅、实践中的历练、备考时的忙碌、成功后的喜悦，乃至生活中的烦恼、失意中的忧伤、挫折后的彷徨。虽然光阴荏苒，但高中生活的点点滴滴，曾经走过的日子、留下的脚印，都是那么清晰、那么深刻，记录着同学们的青春和梦想、奋斗和成长、快乐和伤感，也见证着我们之间一种割舍不掉的深情厚意，成为我们一份弥足珍贵的美好回忆。我相信，这些年，这些人，这些事，值得我们用一生去回忆。

毕业典礼足一种祝福！今天，你们毕业了，即将离开母校，承载着新的梦想和希望，继续新的人生旅程。作为你们的校长和老师，我们为你们一路走来、快乐成长、不断超越而感到骄傲。我祝福你们！在未来的岁月里，你们能够不断超越自我，塑造更加精彩的人生！三中永远为你们感到自豪和骄傲！

毕业典礼是一种希望！你们家长含辛茹苦，呕心沥血，把你们抚养长大。从你们出生的那一天起，你们的父母，你们的亲朋好友，希望把你们培养成优秀的卓越人才，我们每一位同学都应从内心深处认真仔细地思考、回忆和感受。这份感恩之心不一定要溢于言语，但要永远放在心底。同时，你们还要深深地感谢你们的老师，高中的三年光阴，除了节假日，同学和老师接触的时间，实际上超过了你们和父母亲接触的时间。老师们和你们一起欢乐，一起忧伤，为你们而骄傲，为你们而自豪。在此，我提议，我们用热烈的掌声向为我们付出了许多心血和辛劳的老师、班主任，同时，也向你们的亲朋好友表示衷心的感谢和崇高的敬意！

希望你们志存高远。母校自1981年创办至今，已走过了34年风风雨雨的艰辛历程，追求卓越是母校的理想和信念，也是母校对你们的殷切期盼。从母校毕业的历届学子，他们在大江南北群星璀璨，在五洲四海各领风骚，是他们用成功与喜悦为母校赢得了辉煌和荣耀！希望你们秉承三中的光荣传统，接过师兄、师姐们的接力棒，不断创造人生的新辉煌。今天，你们因母校而自豪，他日，母校为你们而骄傲！请记住校园文化墙的六条古训："他山之石，可以攻玉""穷则独善其身，达则兼善天下""满招损，谦受益，时乃天道""学而不厌，诲人不倦""天行健，君子以自强不息""大道之行也，天下为公"，这样，我们的人生道路一定会越走越宽广。

希望你们永不言败。人生旅途多坎坷，希望你们执着追求理想，勇于面对困难，敢于承担责任，不去抱怨生活中的磨难，要学会在逆境中成长。我相信，只要你能超越自我，战胜自我，永不言败，成功一定会属于你们。我们永远要为国家积聚正能量，为社会积聚正思维，为朋友传递新友谊，为自己输入新智慧。你的梦，我的梦，同属中国梦。你出彩，我出彩，我们同为祖国出彩！

希望你们记住"三乐园"。有时常回家、常回母校看看，感受校园的变化，听听老师慈爱的声音，叙叙同窗难舍的友情。母校和老师们，将在这里守望，为你们祝福，时刻期待你们的捷报。

今后，不管你身在何处，身居何职，都应珍藏我们纯洁的师生之情，同学之谊。同桌的你，同窗的你，无论你走到哪里，我将把真情珍藏永远！眼里的你，心中的你，无论你飞向何方，我会把美好化作祝愿！现在，见证奇迹的时刻到了，请看主席台

后面的小诗。拙作小诗，送给同学们：毕业之际，惜别难忘。心潮逐浪，思绪万丈。十年磨剑，初试锋芒。雏鹰展翅，搏击时空。长缨在手，定缚苍龙。相伴三年，情深意浓。感谢亲友，感恩师长。他日重逢，笑辨雌雄。

祝福我亲爱的同学们！祝福亲爱的家长朋友们！

谢谢大家！

有梦就出彩

—— 在 2016 届高三 "18 岁成人礼" 上的讲话

尊敬的各位家长朋友、老师们，亲爱的同学们：

大家下午好！

今天，是一个特殊的日子，一个值得纪念的日子。我们在此举行高三年级学生成人礼。我很高兴能与大家共同见证、共同分享这段宝贵时光。在这庄严的时刻，请允许我代表学校全体教职员工向同学们表示最热烈的祝贺和诚挚的祝福。祝贺你们十八岁了！祝贺你们长大成人了！同时，向为同学们的成长倾注了全部爱心与热情、汗水和智慧的各位家长、老师们表示衷心的感谢！

从十月怀胎到牙牙学语，从蹒跚学步到花季少年，从小学到初中到高中，十八年来，你的每一个微笑，倾注了家长的心血；你的每一次进步，倾满了师长的期待。亲爱的同学们！今天，从 18 岁的这一刻起，你永远记得，你是一个具有完全民事行为能力的人，你的一言一行，一举一动必须由自己负相应的法律责任！你的生命即将进入人生中最美好的时期，进入朝气蓬勃，充满青春活力，充满理想和希望的青年时期，必将象初升的太阳一样灿烂。18 岁是金色年华的开始，是人生新的起点。跨入成人阶段后，与社会发生的联系更多，参与经济、政治、文化活动也更广泛，在享有更多的权利的同时，你们必须承担相应的更大的责任，你们也必须责无旁贷地承担更加光荣的使命。一个民族的振兴，一个国家的强盛，需要一代又一代人的努力。现在，历史的责任，事业的火炬已传递到你们手中。今天，同学们要借 "18 岁成人礼" 的时机对自己的理想和志向进行重新的审视和叩问：今天我已是成年人了，怎样做一个合格守法、品行高尚的公民？我的梦，中国梦是什么关系？现在和将来，我能为我的父母，我的家庭，我的国家做些什么？同学们，个人的荣辱是永远与祖国的兴衰紧密联系在一起的。我们要以冷静的头脑、坚强的意志、稳健的步伐去实现我的梦，中国梦！你心中的答案，你将来的行动，都将证明：有梦就出彩！你是家族的荣耀！你是三中的光荣！你是祖国的骄傲！母校永远为你点赞！

同学们，将来，你们会在祖国的四面八方从事不同的职业。请记住这一点，要以礼警示自身，以义尊崇国家，以仁爱敬父母，以信结交朋友，以智躬奉职业，职业没有贵贱之分，行业没有高低之别。所有的职业和行业，都是为祖国、为人民服务。你永远的称呼是：我是一名中华人民共和国的优秀公民！

三年来，我们朝夕相处，我们也曾迷茫着你们的迷茫，伤感着你们的伤感，奋斗着你们的奋斗，梦想着你们的梦想！回首三年难忘的岁月，尽管过程多么艰辛，无论进步多么艰难，同学们都以乐观自信的态度走了过来。你们是值得骄傲的三中骄子！

三年来，我们心心相印！因为有家长的全力支持，老师的精心培育，同学的友爱帮助，学校的殷切关怀。在三乐园里，在教室里，在寝室里我们生活得自信、阳光！师生之间，同学之间结下了深厚的友谊，这是一笔无穷的精神动力！在三乐园里，在田径场里，在朝阳广场边，在志愿者服务工作中，我们苦苦求索，探究真理，不断认识自己，丰富自己，提高自己。所有这些，让你们的高中生活富于色彩和温馨，丰富了你们的阅历，增加了你们的经验，使你们更加成熟，这是你们人生中的宝贵财富。

现在高考已经进入了冲刺的阶段，这是一场需要品德、自信、勇气、毅力、知识、技能去应对的综合考验。我真诚希望同学们能珍惜在三中的最后一段时光，勤奋努力，科学备考，以扎实的知识、良好的精神状态和自信的心理状态投入高考，为你们的 18 岁成人写下自己人生满意的第一笔。经历过三年的奋斗，你们一定会迎来了胜利的曙光。我相信大家一定不会辜负父母和老师的期盼。校园里的每一簇鲜花都在为你们盛开，校园的每一方寸土都记录着你们的精彩。我衷心预祝你们考试成功，梦想实现！

今天，有这么多亲朋好友和老师来参加这个极富有纪念意义的活动，

三乐之行

我为每一名高三的同学感到荣幸。希望这次活动能在同学们高中生活经历中留下深刻的印记，成为同学们人生中永远的甜蜜的幸福的回忆！

三年来，我陪伴你们度过了快乐的每一天！收获了许多骄傲和自豪！三年来，我们的老师也收获着许多幸福与感动！我谨代表全体老师向同学们说一声：谢谢您！我亲爱的同学们！

最后，祝各位家长万事如意！祝同学们心想事成！

谢谢大家！

无 题

1、领导乐干、教师乐教、学生乐学

2、爱国守法，爱校如家，爱生如子，爱岗敬业。

3、牢记一份职责，珍惜一个岗位，奉献一片爱心，干出一番事业。

4、知荣辱、明是非、走正路、做好人。

5、自觉学习、自主生活、自信成长。

6、宁愿笑着流汗水，决不哭着说后悔。

7、教书是第一要务，育人为永恒主题。

8、字里行间有美丽，数字符号见真理。

9、学好知识，传承文明，远离低俗，追求高雅。

10、书声琅琅彰气质，文质彬彬显风华。

11、博览群书，启迪智慧，陶冶情操，丰富人生。

12、书籍点亮人生，书香洋溢校园。

13、奠定基础学力，塑造健全人格，培养公民素养。

14、扬精神，炼精气，育精英，出精品。

15、弘扬新精神，激发正能量。

16、十年磨一剑，鲲鹏展翅时。

17、今日长缨在手，定可缚住苍龙！

18、稚鹰展翅，搏击时空。他日重逢，笑辨雌雄！

19、爱护同一个家园，实现同一个梦想。

20、提升精气神，摒弃慵乱散。

21、立德树人，爱校敬业。

22、弘道养正，智慧多元。

23、挚爱真善美，关切天地人。

24、一步之间，可见文明风范；万里之行，方显英雄本色。

跋

东拼西凑，将几十年来的小文编成一册出版，终于完成了自己的小愿望。

因时间跨度较长，一些文章显得单纯粗劣；一些文章又不忍心割爱，纯属凑数，仅作为我的写作历程和心迹的纪录吧。

因为爱人汪爱冬、女儿张弘的鼓励，才带来编辑此书的"冲动的惩罚"！多亏同事好友钱明富、陶峰的整理、打字，熊芳老师的认真核对，老同学祝金标的精心指导，终于使这本小记面世了，在此一并致谢！

我最高兴的是，终于有机会引用到了这句"名言"："由于时间仓促，加上水平有限，错误在所难免，敬请读者批评指正。"

张敏胜

二〇一八年五月

三乐之园